W0364887

Cache-cache avec la mort

© Éditions Milan, 2000
pour le texte et l'illustration
ISBN : 2-7459-0034-X

Michel Amelin

Cache-cache avec la mort

MILAN POCHE

1

Ma tante Juliette a disparu il y a un an.

Personne ne sait ce qu'elle est devenue. Est-elle partie dans un pays étranger ? Vit-elle dans une autre région sous une autre identité ? Mystère !

Cela fait un an que son mari, Aldo Fabbri, lance des avis de recherche. Cela fait un an que mon père, Cyprien Bonnemaison, frère de tante Juliette, l'aide dans cette tâche. Tous deux conservent l'espoir.

Moi, je crois que tante Juju a été assassinée et que son cadavre est enterré dans un endroit secret.

Je m'appelle Caroline Bonnemaison, je suis la fille de Cyprien et la nièce d'Aldo et de Juliette. Je vivais toute l'année au château du temps de Juliette car mon père et ma mère vivaient encore ensemble. Mais, après la disparition de Juliette, maman ne supporta plus cette ambiance de fous. Elle en avait déjà par-dessus la tête des réunions politiques de mon père qui voulait devenir député. Alors, un jour, elle a claqué la porte et elle m'a emmenée avec ses valises. Je partis vivre avec elle dans le Midi de la France. Mes parents divorcèrent et c'est pourquoi je ne reviens ici que pendant les vacances.

Je suis certaine que tante Juju a été assassinée parce que j'en ai parlé avec Frankie. C'est le fils de Mme Boivin, la cuisinière du château. Nous avons grandi ensemble dans le parc. Je ne parle pas du *parc* du château mais du *parc* pour bébés que Mme Boivin gardait dans sa cuisine ! Maintenant, je suis une belle jeune fille blonde et Frankie roule des mécaniques en se tirant les cheveux en arrière avec des kilos de gel extrafort. Il porte des tee-shirts de hard-rock, des jeans déchirés et des santiags aux bouts ferrés. Il aime aussi trafiquer les mobylettes. Il joue au dur mais nous nous entendons toujours très bien, même s'il me traite souvent de « petite bourgeoise ».

Frankie adorait tante Juju pour la bonne raison qu'elle était cinglée. Elle se teignait les cheveux en rouge, jaune ou bleu, s'habillait avec des voiles et des rideaux, organisait des récitals de poésie et des expositions de peinture. Frankie a toujours été un rebelle et je crois bien que tante Juju en était une aussi. Avant de disparaitre, elle nous traînait partout, Frankie et moi, en répétant qu'elle aimait le contact avec la jeune génération.

Un jour, elle tomba amoureuse d'Aldo Fabbri, un peintre beaucoup plus jeune qu'elle et, en plus, sans fortune ! Ils se marièrent et mon père piqua l'une des plus grosses colères de sa vie. Le mariage dura un peu plus de deux ans.

Et tante Juju disparut. Comme ça. Pfut !

Aldo répète qu'il ne se remariera pas tant qu'il ignorera ce que sa femme est devenue. Ce qui est bête pour lui, c'est que la grosse fortune de Juliette est bloquée à la banque. Moi, je pense qu'Aldo ne PEUT pas se remarier tant que Juju, morte ou vivante, n'est pas retrouvée. Frankie n'est pas de mon avis. Mais c'est normal pour un ami d'enfance. On a passé notre temps à se chamailler. Ce n'est pas maintenant que cela va changer.

2

L'intérieur de la chapelle du village était noir comme dans un four. Famille et personnel entrèrent dans un silence recueilli.

La messe anniversaire pour « Juliette Fabbri, née Bonnemaison, disparue depuis un an déjà » était une idée d'Aldo. Moi, je trouvais que c'était gentil de penser à elle de cette façon. Mais tout le monde n'était pas de cet avis…

Frankie voulut s'asseoir près de moi. Il me prit la main tandis que sa mère regardait ailleurs. Mais mon père qui passait dans l'allée centrale me commanda de rejoindre le rang de la famille. Je fus obligée d'obéir après avoir fait un clin d'œil à Frankie pour m'excuser. Mâchoires crispées, Frankie prit un air buté pendant toute la durée de la cérémonie.

La messe finie, nous fûmes heureux de retrouver la clarté du jour. Aldo et mon père marchaient devant, suivis de Mme Boivin la cuisinière et de Monique l'autre domestique, une grande brune à la poitrine impressionnante.

Un peu en arrière, Samantha paradait sur ses talons-échasses. Samantha est la nouvelle femme de mon père. Elle a été mannequin et on a toujours l'impression de la voir défiler sur un podium. Maintenant, elle joue à l'antiquaire et fait de l'alpinisme. D'un caractère agréable, elle rigole souvent avec moi.

Mon père l'a connue parce qu'elle était une amie d'Aldo et de Juju.

Moi, je me trouvais à la queue du cortège avec Frankie qui poussait sa mobylette.

– Pourquoi tu n'accompagnes pas ta famille ? me demanda-t-il d'un ton hargneux.

– Parce que je préfère être avec toi, Frankie.

Il me sourit.

Je trouvais qu'il avait beaucoup changé ces derniers temps. Il avait grandi, se musclait et son visage devenait viril et ombrageux. Voyait-il toujours en moi sa mignonne compagne de jeu qu'il martyrisait en lui glissant des araignées dans le cou quand il avait huit ans ?

Moi aussi je changeais. Depuis que mes parents avaient divorcé et que je vivais avec ma mère dans le Midi, j'avais mûri. J'avais toujours plaisir à retrouver Frankie pendant les vacances surtout depuis cette disparition de ma tante. Nous la regrettions tant !

•

Devant moi, la seconde femme de mon père trottinait toujours sur ses talons.

– Vise Samantha ! dis-je à Frankie. On dirait qu'elle est sur des échasses.

– Hum ! répondit Frankie d'un ton désabusé. Elle, au moins, c'est une vraie femme.

– Qu'est-ce que tu veux dire par là ?

– Elle sait s'habiller. C'est pas comme cette pauvre Monique.

– Monique est domestique au château ! Elle ne va tout de même pas faire le ménage avec des talons de vingt centimètres de haut ?

Frankie haussa les épaules :

– Si seulement Monique avait autant d'argent que ta belle-mère, elle serait tout aussi sexy.

Je coulai un mauvais regard vers Frankie. Qu'est-ce qu'il connaissait, lui, aux femmes ? Il avait quinze ans et se prenait déjà pour le roi de la piste. Je me sentais godiche dans ma robe d'été avec la petite dentelle qui décorait mes poignets et mes sandales Mickey. C'était vraiment la honte. J'avais oublié les miennes dans le Midi, chez ma mère, et c'était la seule paire que j'avais trouvée ici.

– On dirait que tu es un homme d'expérience, grinçai-je.

– Ouais ! Figure-toi, ma vieille, que je ne suis pas un bouseux cloîtré dans le garage du château de ton père à trafiquer des mobylettes pourries. Je sors, moi ! Je suis au courant de la mode.

– Ce n'est pas la peine de me répondre sur ce ton ! Pourquoi t'es agressif comme ça avec moi ? Je ne t'ai rien fait.

– Parce que ma mère est la cuisinière et parce que ton père est un député plein de pognon.

– Tu sais bien que cela ne fait pas de différence entre nous.

Il tourna la tête vers moi. Ses cheveux ramenés en arrière luisaient comme un casque noir. Il me regarda avec son air de tombeur.

– Regarde-toi, Caro. Tu crois que tu as l'air d'une rockeuse ?

– Je ne veux pas avoir le look d'une rockeuse, figure-toi !

– Dommage.

– Dis donc ! Tu as pourtant essayé de me prendre la main dans l'église.

– C'est parce que nous étions dans le noir.

– C'était une messe en souvenir de tante Juju ! Je ne pouvais quand même pas m'habiller en rockeuse pour te faire plaisir : mon père m'aurait incendiée.

– C'est pas une raison pour ressembler à une petite fille modèle. Ta robe est à vomir. Quant à tes chaussures, n'en parlons pas.

Quel crétin !

– Je croyais que tu aimais tante Juju ?

– Je ne vois pas le rapport.

– Il faut avoir du respect pour la mémoire de Juju. Regarde. Papa et Aldo se sont habillés dans leur plus beau costume et ils ont mis une cravate noire.

– Tu parles de Juju comme si elle était morte.

– Tu as une autre solution à proposer ?

– Moi je pense qu'elle s'est enfuie avec un amoureux. Elle doit être en train de couler des jours heureux dans un palace d'Amérique du Sud. Je la vois bien à Rio de Janeiro, dansant la samba pendant le Carnaval.

Je souris.

– Mon pauvre Frankie ! Tu n'as jamais voulu voir la vérité en face. Ma tante Juliette n'a jamais touché à son argent. Elle n'a donné aucun signe de vie depuis un an. Elle était très heureuse ici avec Aldo. Elle était folle de lui.

– Et lui ?

– Quoi, lui ?

– Tu crois qu'il l'aimait vraiment ?

– C'est la meilleure ! Bien sûr qu'il l'aimait !

– Il aimait son argent, oui !

– L'argent ! Toujours l'argent ! Il n'y a donc que cela qui compte pour toi ?

– Facile à dire pour une petite bourgeoise.

Nous nous fîmes la tête pendant quelques pas. Mais je n'étais pas du genre à rester muette très longtemps.

– Moi je pense qu'elle est morte. Assassinée !

– Tu me l'as assez répété, Caro ! Qui aurait tué la pauvre Juju ? Et pourquoi ? C'est idiot. Même Aldo n'avait aucun intérêt à la tuer puisqu'il ne peut plus toucher un centime de sa fortune.

Si elle n'est pas à Rio, Juju a peut-être eu un accident près d'ici. Ou une crise cardiaque.

– Et où serait son cadavre ?

– Je ne sais pas moi… Dans un fossé, par exemple.

– Les gendarmes ont fouillé la région entière ! On l'aurait trouvée tu penses bien. Non, Juju a été assassinée et on a planqué son cadavre dans le coin. Il n'y a pas d'autre solution.

– Tu es la seule à le croire.

– Et alors ? Ça ne veut pas dire que j'ai tort ! Et si Aldo et mon père ont fait célébrer cette messe du souvenir, c'est bien parce qu'ils croient, eux aussi, que Juju est morte.

Frankie ne répondit rien. Mon raisonnement logique l'avait coincé.

J'ai toujours aimé avoir le dernier mot.

3

Quand notre cortège arriva en vue de la propriété, nous vîmes une silhouette sombre sortir de derrière un des piliers de l'entrée. C'était une femme en deuil. Elle portait un sac de cuir noir en bandoulière. Était-ce quelqu'un de la famille que mon père et Aldo auraient oublié d'inviter pour la cérémonie ?

– Qui c'est ? demanda Frankie.

– Je ne sais pas.

Avec son teint blême et son affreux maquillage, elle ressemblait à un mort-vivant.

– Elle doit sortir de la tombe de Dracula, dit Frankie. Elle a vraiment un look craignos.

–C'est peut-être une rockeuse venue t'attendre ! Vite, Frankie ! Fais démarrer ta mobylette, t'as une touche !

–Très drôle.

L'inconnue s'approcha de mon père et d'Aldo.

Mme Boivin et Monique, très discrètes comme toujours, décrivirent un grand arc de cercle pour éviter le trio, tandis que Samantha obliqua vers le groupe. Moi aussi je faisais partie de la famille. J'avais le droit de la suivre. Frankie releva le menton.

–Je file derrière ma mère et Monique. Tu me trouveras dans le garage ou dans ma chambre, dit-il. Je te laisse avec les tiens et la femme de Dracula.

–Reste donc avec moi.

–Je ne fais pas partie de TA famille.

Quel crâneur ! J'étais certaine qu'il était mort de curiosité.

Il sauta sur sa mobylette et voulut démarrer d'un air rageur. Je l'arrêtai d'un geste.

– Reste, Frankie !

Il me fit un sourire crispé et m'obéit.

Samantha rejoignit Aldo, mon père et la femme. Quand nous arrivâmes à notre tour à leur hauteur, mon père hurlait devant l'inconnue.

– Je ne tolérerai pas un tel manque de respect ! Nous revenons d'une messe-souvenir, madame. Nous n'avons pas de temps à perdre avec une dingue de votre genre.

Frankie me toucha le bras.

– Oh ! là, là ! Ça chauffe !

Mais la femme en noir ne se démonta pas. Ses paroles nous glacèrent le sang :

– Je suis médium, monsieur. Vous avez besoin de moi car j'ai le don de faire parler les morts.

4

– J'ai lu l'avis de messe anniversaire, poursuivit la mystérieuse femme d'une voix rauque. Et j'ai senti quelque chose de très fort en moi. Comme si cette pauvre Juliette me parlait, par-delà le temps et l'espace. Elle voulait me dire quelque chose d'important. ICI ! Alors, je suis venue. C'était mon devoir.

Aldo était stupéfait. Mon père bégaya d'indignation :

– Mais vous ne la connaissez pas ! Vous n'avez jamais vu ma sœur Juju… Enfin, je veux dire Juliette. Qui êtes-vous, d'abord ?

–Je m'appelle Kraft, Mélina Kraft. Non, je n'ai jamais vu votre pauvre sœur.

–C'était aussi ma femme ! s'exclama Aldo d'un ton pointu.

–C'était mon amie avant de devenir ma belle-sœur, ajouta Samantha, qui ne voulait pas être en reste.

–C'était ma tante, lançai-je.

–Vous êtes une famille plongée dans la douleur, déclama Mélina Kraft. J'ai le pouvoir de vous sortir de l'obscurité et de l'ignorance.

–Ridicule ! l'interrompit mon père. C'est la police qui fait les recherches, pas des charlatans comme vous. Partons !

Mélina Kraft tourna son regard halluciné vers moi :

–Cette petite fille sait que j'ai raison.

De qui parlait-elle ? Je regardai derrière moi. Pas de petite fille à l'horizon.

–N'est-ce pas ? me dit la femme.

C'était moi la petite fille ! Quel culot ! Cette femme devait être myope. C'est vraiment dur d'être aussi mal considérée. Pendant un instant, je regrettai de ne pas être déguisée en rockeuse.

Mon père m'observa à la dérobée. Aldo et Samantha restaient bouche bée.

– Moi… mais je… je… bredouillai-je.

– Laissez ma fille en dehors de tout ça ! vociféra mon père.

Mélina Kraft me montra du doigt :

– Elle aussi sait quelque chose. Les âmes innocentes sentent la mort ! Instinctivement.

Frankie appuya son bras contre le mien. Il me soutenait. Je me sentais plus forte à ses côtés mais je frissonnais quand même. Comment cette femme pouvait-elle ainsi lire dans mon esprit ? Elle ne m'avait jamais entendu parler de la disparition de tante Juju ! Je n'aimais décidément pas ce visage de déterrée. Finalement, j'aurais mieux fait de filer avec Frankie dans son garage. Là-bas, j'aurais été plus à l'aise, avec lui et sa mobylette, plutôt qu'au milieu de ce groupe d'adultes angoissés.

– Juliette est vivante ? demanda enfin Aldo.

La femme tritura la bandoulière de son sac de cuir noir :

– Je ne crois pas qu'elle soit vivante, M. Fabbri. Je n'ai jamais ces impressions avec des personnes vivantes... C'est son Esprit qui me parle. Et si c'est son Esprit, cela veut dire qu'elle a rejoint le Royaume de l'Au-Delà.

Aldo poussa un soupir. Samantha blêmit. Elle tremblait de tout son corps.

– Je sens que l'Esprit de votre femme est triste, reprit la femme en s'adressant à Aldo. Je peux me concentrer. Entrer en communication avec elle. Je peux mettre des mots sur ce que j'ai senti en lisant cet avis dans le journal. J'ai ce don en moi. Croyez-moi tous ! Je veux vous aider.

Même mon père parut ébranlé. Aldo indiqua la grille d'entrée.

– Je crois que nous avons besoin d'explications supplémentaires. Venez avec nous, madame… Kraft. Nous discuterons de cela à l'intérieur.

– Mais je vous préviens, ajouta mon père. Nous serons vigilants, très vigilants. Personne n'a le droit de se moquer de la douleur atroce d'une famille.

La femme eut un sourire étroit :

– Ce n'est pas mon intention, monsieur Bonnemaison. L'esprit de votre sœur Juliette me guide.

J'avalai ma salive avec difficulté. J'étais impressionnée. Cette histoire ne présageait rien de bon.

Je regardai Frankie. Il faisait moins le fier. En fait, je crois bien qu'il avait peur…

5

La propriété des Bonnemaison date du XVIIIe siècle. C'est une folie. On appelle « folie » une grosse demeure ressemblant à un gâteau couvert de crème Chantilly avec des tas de fenêtres à petits carreaux et des tourelles en veux-tu en voilà.

Il y a aussi un parc planté d'une forêt de gros arbres plusieurs fois centenaires. Et dans le parc il y a une glacière. C'est un bâtiment hyper-moche, genre blockhaus, construit en même temps que le château. Autrefois, ça servait à entreposer la glace récupérée dans les étangs pendant l'hiver. Il n'y avait que les gens aussi riches que le roi qui pouvaient se payer une glacière.

Quand je viens en vacances, j'occupe l'une des chambres du premier étage, comme mon père et Samantha. Aldo habite au deuxième et le personnel vit sous les toits, au troisième. Le personnel est donc constitué de Monique, la domestique mal habillée qui est toujours triste, de Mme Boivin et de son fils Frankie, mon ex-compagnon de couches-culottes.

Frankie n'aime pas que je monte dans sa chambre en cachette. C'est lui qui préfère venir me voir. Mais il n'a pas intérêt à se faire surprendre car mon père est très à cheval sur les principes. Il ne supporte pas que le personnel se mélange avec la famille ! Moi, je pense que ce sont des idées préhistoriques ! En fait, mon père n'aime pas le look rocker de Frankie. S'il était habillé avec des polos de couleur, des gilets, des pantalons de toile bien repassés, des mocassins de cuir genre yacht-club, s'il avait une petite coupe de cheveux bien mignonne, un visage propret et un appareil dentaire, papa le laisserait aller partout dans le château. Mais voilà, Frankie n'est pas de ce genre-là !

Tandis que nous marchions dans l'allée aux côtés de Mélina Kraft, je me disais que Mme Boivin ou Monique nous observaient peut-être d'une fenêtre. Mes neurones fonctionnaient à mille à l'heure. Et malgré l'air détaché de Frankie, je voyais bien qu'il voulait lui aussi élucider ce mystère.

Ignorant les coups d'œil de mon père, je restai près de Frankie et de sa mobylette tandis que nous arrivions devant la façade du château. Monique arrosait les géraniums du balcon central du premier étage. Frankie répète souvent que Monique serait supermignonne si elle s'arrangeait. L'année dernière, j'étais même jalouse d'elle ! Un jour, j'ai répondu à Frankie que ce n'était pas de son âge de loucher sur les femmes plus vieilles que lui et que, de toute façon, Monique avait déjà un amour dans son cœur.

– Qui ? m'avait demandé Frankie.

– Aldo, patate !

– Aldo ? T'es dingue. Il ne pense qu'à sa Juju disparue.

– Qui te dit qu'il aime Monique ?

– Toi !

– Erreur ! J'ai dit que Monique aime Aldo. Pas le contraire !

Frankie avait froncé les sourcils et n'avait rien répondu. J'adore lui clouer le bec !

•

Mélina Kraft grimpa les marches du perron.

– Je n'aime pas cette femme ! me chuchota Frankie.

– Moi non plus.

– Elle me flanque la frousse.

– Moi aussi. En plus elle doit être aveugle : elle m'a prise pour une petite fille.

– Hé ! hé ! C'est vrai que tu fais carrément âge maternel avec ta robe en dentelle et tes sandales Mickey.

Je serrais les poings en escaladant les marches. Mon père ouvrit la lourde porte d'entrée et, Frankie sur mes talons, je traversai le hall de réception décoré de portraits de famille et de têtes de cerfs empaillés.

Aldo ouvrit la porte de la bibliothèque.

– Tu peux monter dans ta chambre, Frankie, dit mon père. Et toi aussi Caro. Tu dois être fatiguée. Il faut que tu te reposes.

– Mais je me sens en pleine forme !

– Fais ce que je te dis.

Mélina Kraft, son sac écrasé sur sa poitrine comme un bouclier, leva une main maigre.

– Non, monsieur Bonnemaison. Je vous conseille de garder votre fille parmi nous. Ainsi que… que ce garçon.

– Comment ? Mais…

– Les jeunes possèdent beaucoup d'énergie. Leur présence est indispensable. Ils ont la Force en eux. Une force dont j'ai besoin ! Ils vont me servir de Piles Psychiques.

Je ne me sentis pas très bien. Tout à l'heure j'étais une petite fille et maintenant je devenais une pile !

Samantha me chuchota avec angoisse :

– Cette histoire de pile psychique doit vouloir dire que la force de ton esprit va s'unir à celui de cette femme !

Je n'avais pas du tout envie que mon esprit se mélange à un cerveau détraqué...

Je jetai un regard apeuré vers Frankie, droit et imperturbable.

6

– Il n'en est pas question ! hurla mon père. Ce garçon ne fait pas partie de la famille.

– Il vit ici depuis sa naissance ! répondis-je. Si Frankie n'a pas le droit de venir, moi je reste avec lui.

– Écoute, Caroline ! Je comprends que tu aimes Frankie. Mais nous sommes dans une douloureuse histoire de famille. Il n'a rien à y voir.

– Mais il aimait tante Juliette autant que nous !

– C'est vrai, dit Frankie du bout des lèvres.

Il frottait le sol avec les semelles de ses santiags.

– Désolée, Caro, reprit-il tout bas. Ton père a raison. Je dégage.

– Mais…

Il me tourna le dos et s'éloigna.

Mélina Kraft me poussa devant elle dans la bibliothèque plongée dans l'ombre. Quand nous fûmes tous à l'intérieur, le médium tourna sur elle-même et ordonna :

– M. Fabbri, allez me chercher des objets que votre femme aimait. J'en ai besoin pour commencer ma séance. Je dois sentir le flux psychique de l'Esprit s'emparer de moi.

Samantha se laissa tomber dans un fauteuil. Mon père arpenta le tapis persan comme un lion en cage. Aldo disparut. Je n'étais vraiment pas contente de me retrouver seule avec eux. Frankie devait être furieux. Il allait me faire la tête pendant plusieurs jours, en représailles. Mélina Kraft oscilla d'avant en arrière :

– Je la sens, je la sens déjà. Juliette venez ici ! Oui, je la SENS.

J'entendis un drôle de bruit. C'était Samantha qui claquait des dents ! Mélina Kraft déambula dans la pièce en laissant courir ses doigts sur les tableaux et les rayonnages de livres :

– Oui… Juliette aimait ce tableau, et celui-ci… Ce livre ! Elle l'a lu un jour d'été. Il faisait chaud. Elle a pleuré sur ces pages ! Oh ! Je sens tout cela !

Son index maigre désignait un volume.

Abandonnée par l'Amour, de Barbara Dellyand !

Mon père retint sa respiration. Mélina Kraft disait vrai ! *Abandonnée par l'Amour* était le dernier livre que Juliette avait lu avant sa disparition ! Elle le dévorait sur la terrasse, allongée sur une chaise longue à larges rayures bleues. Personne, au château, ne comprenait d'ailleurs pourquoi elle s'obstinait à lire un livre qui la rendait si triste. Mais Juju avait toujours été romantique. Elle adorait les belles histoires d'amour qui faisaient pleurer.

Comment Mélina Kraft avait-elle pu mettre le doigt sur cet ouvrage précis ? Il y avait des centaines et des centaines de livres dans cette bibliothèque et elle choisissait justement le bon ! C'était incroyable. En quelques secondes, j'avais oublié Frankie. Cette femme m'étonnait. Déjà, elle avait deviné mon opinion profonde à propos de la disparition de Juliette et voilà qu'elle réussissait un nouveau coup d'éclat !

Aldo entra précipitamment. Il ramenait trois objets personnels de Juju : une brosse d'argent, une lettre et une photographie encadrée.

Mélina Kraft s'en empara avec avidité. Elle palpa les objets, écarta la photo et la lettre, conserva la brosse et le livre de Barbara Dellyand.

Ses lèvres tremblaient. Elle parut sur le point de s'évanouir. Elle s'assit lourdement sur le canapé et posa son grand sac noir à ses pieds.

– Fermez complètement les volets, M Fabbri, et dites à la petite fille de venir près de moi.

Grr !

Samantha tira les volets. Je m'avançai à contrecœur vers Mélina Kraft. Elle saisit l'un de mes poignets :

– Tu seras ma pile d'énergie ! Je ne suis pas assez forte parfois. C'est si éprouvant de communiquer avec les Esprits. N'aie pas peur, chère enfant, il ne t'arrivera rien de terrible.

Elle en avait de bonnes ! Une pile, ça s'use ! Si seulement Frankie était resté avec moi, nous aurions partagé la dépense d'énergie.

– Maintenant, je me concentre, annonça Mme Kraft.

Elle rejeta la tête en arrière. Ses paupières clignèrent. Sa seconde main resta posée sur la brosse à cheveux et le livre. Ses yeux devinrent blancs. C'était aussi impressionnant que dans un film de suspense quand la victime n'est pas vraiment morte.

Après quelques secondes de sinistre silence ponctué de halètements, la voix cassée de Mélina Kraft se fit entendre :

– Elle vient… Juliette vient… Je la sens. C'est le début de la communication avec son Esprit. Ne bougez surtout pas. Ne faites pas un geste. Quoi qu'il arrive…

Oh ! là, là ! J'avais encore plus peur que dans le train fantôme.

7

– Juliette ? Juliette ? Êtes-vous là ?

Nous étions assis dans la pénombre. On entendait les insectes vrombir dehors et la pendule tictaquer sur la cheminée.

Une porte claqua à l'étage. Monique, sans doute, finissait le ménage en retard. Mélina Kraft gémit. Nous étions suspendus à ses lèvres. C'était un vrai médium ! Même mon père, avec son caractère soupçonneux, semblait maintenant convaincu de ses pouvoirs.

– Vous êtes là ? Juliette ! Je vous sens ! Vous voulez nous dire quelque chose ? Venez, Juliette !

Un courant glacé descendit sur mes épaules. La main de la femme me serra comme un étau. Ses doigts froids étaient durs comme des racines.

– *Oui*, dit une voix. *Oui. Je suis là !*

Je crus que le plafond me tombait sur la tête. Samantha poussa un cri. Aldo et mon père se redressèrent brusquement. D'où j'étais, je ne distinguais pas leur visage.

Mais je sentis leur peur.

Car la voix qui venait de parler était celle de ma tante !

•

La main de Mélina Kraft emprisonnait mon poignet comme un bloc de glace. J'éprouvais la peur de ma vie. Le visage du médium se déforma tel un masque en pâte à modeler. Sa bouche se tordit. Une nouvelle voix en sortit :

– *Je suis là ! Je suis là ! Aldo, mi amor d'amour. Je suis là.*

Aldo hoqueta d'épouvante. C'était bien la voix de Juliette ! C'étaient bien les mots doux qu'elle lui adressait chaque jour. J'avais toujours entendu ma tante Juju appeler son mari d'origine italienne : « Aldo mi amor d'amour ». Mon père se leva. Samantha se recroquevilla dans son fauteuil. La main du médium me serra encore plus fort :

– *Vous êtes tous là !* poursuivit la voix de Juju. *Je vous aime tous. Aldo, mi amor, ma fortune est pour toi ! Pour toi ! Tu as le droit de profiter de mon argent.*

La voix mystérieuse qui sortait de la bouche de Mélina Kraft gémit puis récita :

– *Vivre d'amour et d'eau fraîche.*
Quand le cœur n'en peut plus et s'assèche
Croquons la pomme d'amour
Et vivons pour toujours.

C'était une poésie inventée par Juliette ! Personne ne connaissait ces vers, sauf nous !

– Où es-tu ? Juliette ? Où es-tu ? souffla Aldo.

–Je me lève de la terrasse. Je veux marcher. Marcher dans le parc, sous les arbres. Écouter les oiseaux. Mi amor d'amour, tu n'es pas là. Je suis si seule… Si seule. Je marche vers la glacière. J'aime ce vieux bâtiment historique. Ses murs arrondis. Je veux faire une exposition dedans, une exposition de toiles rondes… J'approche. Oh !

Mélina Kraft tressaillit, sa main devint moite. Puis, la voix de tante Juju reprit :

–J'entends des pas derrière moi. Branches cassées, feuilles écrasées. Je me retourn… Non !!! Au secours !

Le médium s'arcbouta sur le canapé, bouche grande ouverte. La voix hurla. Les yeux étaient blancs ! C'était horrible ! Mon père se précipita pour m'arracher aux griffes de cette femme. Il me tira par l'autre bras. Mais Mélina Kraft tint bon. La voix continua à pousser des hurlements. Aldo secoua le médium comme un prunier.

–Que se passe-t-il? Juliette! Juju! réponds-moi! Juliette!

–*Quelqu'un veut me tuer! On me frappe! On me tue! Au secours! Je meurs! Je tombe... La mousse. Les fougères. Le couteau! le couteau!*

Mélina Kraft se détendit d'un seul coup. Son corps devint aussi mou que celui d'une poupée de chiffon. Elle lâcha ma main. Mon père m'encercla dans ses bras.

–Juliette! hurla Aldo. Juliette!

Silence.

–*Je suis morte*, dit enfin la voix. *On me tire dans la glacière. Des feuilles pourries sur moi. On me cache... On me cache... Adieu, vous tous. Adieu, mi amor d'amour.*

8

La voix s'était tue. Mélina Kraft haletait. Samantha tournait comme une toupie autour du canapé.

–Vous avez entendu ? Vous avez entendu ? C'était elle ! Juju a parlé par sa bouche ! C'est incroyable ! Je l'ai entendue de mes propres oreilles ! Je vais me servir un grand verre de whisky pour faire passer mon émotion.

Samantha faillit casser trois verres et renversa une bonne rasade sur le tapis. Elle avala son whisky, toussa, s'étrangla et se laissa retomber sur le canapé. Son teint légèrement vert revint à une couleur plus normale.

–Viens ici, ma petite Caro. Pauvre chérie !

Je la rejoignis rapidement. J'étais terrorisée mais surtout épuisée. Cette femme m'avait réellement pris mes forces ! La pile était morte. Pour rien au monde, je ne voulais revivre ces minutes épouvantables. L'Esprit de Juju s'était manifesté dans la bibliothèque ! Et il venait de nous avouer que ma tante avait été assassinée !

–La glacière ! hurla Aldo. Juju est dans la glacière ! C'est ce qu'a dit la voix.

–Calme-toi, Aldo ! lança mon père avec le ton qu'il prenait quand il faisait ses discours politiques. La glacière, comme toutes les pièces et les dépendances du château, a été fouillée par la police. Tu te rappelles ?

–Mais elle dit que…

À l'origine, la glacière servait à entreposer de la glace l'hiver pour faire des sorbets l'été. Elle était devenue un bâtiment vaguement inquiétant dans lequel nous nous réfugiions, Frankie et moi, quand nous étions enfants, pour nous faire peur. Mon père avait raison. La glacière avait été fouillée et aucun cadavre n'avait été trouvé à l'intérieur... Qu'est-ce que cela voulait dire ?

Tandis que mon père et Aldo se disputaient, je me rappelais Frankie me racontant des histoires d'horreur dans cette glacière, si fraîche pendant les heures chaudes de l'été. C'était notre cachette secrète ! Maintenant que je savais que tante Juju avait été assassinée et cachée à l'intérieur, ça me donnait des frissons dans le dos.

– Tu crois que c'est vrai ? demandai-je à Samantha.

– Je ne veux pas le savoir !!

– Et si la police avait *mal* fouillé la glacière ?

– Tais-toi, Caro ! Oh ! Tais-toi ! C'est trop affreux !

Samantha rongea ses ongles vernis. C'est sûr qu'elle devait être bouleversée pour se saboter ainsi !

La plus tranquille du groupe, c'était bien Mélina Kraft. La tête rejetée en arrière, les yeux fermés, elle respirait comme un soufflet de forge. Le livre et la brosse à cheveux étaient tombés à ses pieds. Ses joues crayeuses reprenaient de la couleur. Le médium parut se réveiller d'une mauvaise nuit et ouvrit les yeux.

– C'était horrible ! hurla Samantha complètement hystérique. Vous parliez avec la voix de Juliette ! Et la pauvre petite Caroline qui était là ! Elle va faire des cauchemars jusqu'à la fin de sa vie. Cyprien ! Il faut tout de suite lui prendre un rendez-vous chez le psychiatre !

Mon père s'avança vers Mélina Kraft :

– C'est de la sorcellerie ! Jamais je...

– Juliette est venue en moi. Elle a parlé par ma bouche ! Je le sentais ! je la sentais ! Elle avait tant de choses à dire. Elle m'a choisie comme porte-parole.

– Vous avez parlé de sa dernière promenade, de la glacière...

– Je ne sais pas... Je ne m'en souviens pas. Ce n'était pas moi qui parlais. C'était elle !

– Mais ce n'était pas Juliette non plus ! Ce n'est pas possible !

– Cyprien ! lança mon oncle Aldo. Il faut qu'on vérifie, c'est tout !

– Mais je t'ai dit que la glacière était vide ! Jamais il n'y a eu le moindre corps à l'intérieur ! Tout a été fouillé !

Aldo tapa du pied :

– J'ai quand même le droit de savoir ! J'étais son mari !

– Et moi, son frère ! Elle vivait ici !

– Tu ne vas pas m'empêcher de faire les recherches que je juge nécessaires ?

Mon père serra les mâchoires. C'était la première fois que je le voyais aussi blême.

9

Épuisée, Mélina Kraft dodelina de la tête. Ses forces l'avaient quittée. Elle se baissa, ouvrit son grand sac noir, sortit un mouchoir et une boîte de pilules. Elle en avala deux, coup sur coup.

Nous la regardions comme si elle accomplissait des rituels magiques. Les pilules allaient peut-être la faire grandir jusqu'au premier étage, ou la faire rapetisser pour filer sous le tapis? Autrefois, j'avais lu un livre de Roald Dahl qui racontait une aventure semblable et j'avais bien ri. Maintenant, je ne riais pas du tout, car après cette séance, j'étais prête à croire n'importe quel prodige!

Mon oncle Aldo s'agenouilla devant la femme en noir :

– Madame ! je vous crois ! Mais il faut vous concentrer de nouveau ! Nous voulons savoir où est véritablement le corps. Vous avez parlé de la glacière mais ce lieu a été fouillé… Reconcentrez-vous et dites-moi qui… qui a tué Juliette ?

Le médium se massa lentement les tempes du bout des doigts :

– Je suis très fatiguée, M. Fabbri. Très, très fatiguée. Il ne faut pas trop m'en demander. Regardez ! La petite jeune fille est épuisée, elle aussi. Je lui ai pris beaucoup de forces !

Samantha en profita pour revenir à l'attaque :

– Cyprien ! Caroline doit absolument voir un psychiatre le plus tôt possible ! C'est traumatisant d'être prise pour une pile.

– Caroline va plutôt aller se reposer, décida mon père.

– Mais papa, je veux rester !

– Ce n'est pas de ton âge !

Aldo fixait le médium avec adoration :

– Venez avec nous, dit-il.

– Où ça ? demanda Mme Kraft.

– À la glacière.

– Tu es fou, Aldo ! vociféra mon père.

– Là-bas, elle va sentir autre chose. J'en suis certain.

– Il n'en est pas question ! C'est ma glacière ! Et je dis qu'elle est vide ! reprit mon père hors de lui.

– Comment peux-tu en être certain ?

– Les flics l'ont fouillée avec des chiens !

– Je suis épuisée, M. Fabbri. Je ne peux pas me lancer dans une deuxième séance peu de temps après celle-ci. C'est dangereux pour ma santé.

– Vous allez venir avec nous à la glacière ! insista Aldo. Je vous paierai ! Très cher !

– Tu es ridicule ! s'indigna mon père. Et en plus, tu n'as pas le moindre centime.

Les deux hommes s'affrontèrent du regard. Ils étaient vraiment en colère. Samantha profita de l'agitation pour se servir un deuxième whisky.

–D'accord ! céda mon père. D'accord, Aldo. Il faut en finir une bonne fois pour toutes.

Mélina Kraft fronça les sourcils :

–Je ne crois pas que…

–Vous ! taisez-vous ! Vous faites ce qu'on vous dit de faire et rien d'autre. Vous venez de semer une belle pagaille ici et vous croyez qu'on va vous laisser partir comme si de rien n'était ?

Papa avait vite repris son sale caractère autoritaire. Voilà qui était rassurant.

–Je ne veux pas y aller… gémit Samantha.

–Où ? glapit mon père.

–À la glacière !

–Tu viendras comme tout le monde !

–Et moi ? dis-je. Je veux venir aussi.

–Toi Caro, tu restes au château !

–Mais tu viens de dire que tout le monde devait venir à la glacière.

–Les adultes responsables ! Pas les gamines !

– Je ne suis plus une gamine ! Je peux me rendre utile ! J'ai déjà servi de pile ! Si je n'avais pas été là, il n'y aurait pas eu de séance.

– Faites-la taire ou je fais un malheur ! rugit mon père.

– Je connais bien la glacière. J'y étais toujours avec Frankie. Je me souviens que…

– J'en ai rien à faire de Frankie ! Tu restes ici, Caro ! Tu en as déjà trop vu !

Je le détestais ! J'allais manquer le plus intéressant !

10

On me chassait comme une malpropre ? Eh bien, on allait voir ce qu'on allait voir. Mon père croit toujours que j'ai huit ans ! Quelle tristesse ! Je ne suis pas du genre à grimper sagement dans ma chambre pour jouer avec mes Barbie. Et d'abord, je ne joue plus aux poupées depuis longtemps…

Un petit tour à la cuisine me parut une bonne idée. Frankie avait l'habitude de s'y goinfrer de tartines beurrées à n'importe quelle heure. Comme j'avais envie de le voir ! Il fallait que je raconte à quelqu'un ce que je venais de vivre et aucune oreille n'était plus attentive que celle de Frankie.

Je traversai le hall et ouvrit la porte donnant sur la cuisine. Sa grande table de chêne pouvait accueillir les trente domestiques qui travaillaient au château au temps de sa splendeur. Mais là, elle semblait aussi plate et triste qu'une maxi-pierre tombale. Pas de Frankie à l'horizon mais deux silhouettes habillées de sombre se tenaient à l'une des extrémités. C'étaient Mme Boivin et Monique qui sirotaient un café. Elles me fixèrent comme deux serpents hypnotiseurs :

– Tiens te voilà, Caro ? Qu'est-ce que tu fabriquais avec les autres dans la bibliothèque ? demanda Mme Boivin. Nous avons entendu des cris ! Qui est cette femme en noir ? Qu'est-ce qu'elle vient faire ici ?

C'était un véritable interrogatoire. Devais-je leur dire la vérité ? Mon père allait m'assassiner ! Avec la langue bien pendue de la mère de Frankie, dans moins d'une heure un millier de journalistes camperait devant le château. Non. Il fallait que je trouve une autre explication.

–Heu… C'est une amie de tante Juju.

–C'est la première fois qu'on la voit.

–Elle revient de voyage. Elle était… heu… à Rio de Janeiro.

–À Rio de Janeiro ? Depuis un an ?

Les deux serpents se regardèrent.

Mme Boivin a été ma nourrice. Elle est très forte pour me tirer les vers du nez ! Heureusement, la longueur de la table me protégeait d'elle. Je préférai ne pas trop m'attarder dans le coin.

–Qu'est-ce qu'elle a dit ? insista la mère de Frankie.

Dans quelques minutes, si je ne fuyais pas, Mme Boivin allait se lever, me servir un bon chocolat, me caresser les cheveux et apprendre toute l'histoire…

Je reculai de deux pas :

–Elle n'a pas dit grand-chose… Des bêtises. Heu… Je ne m'en souviens plus.

Monique me jeta un regard acéré. Celle-là ne parle pas beaucoup et on ne sait jamais ce qu'elle pense vraiment. Un jour, peu de temps après la disparition de tante Juju, j'ai surpris Monique dans les bras de mon bel oncle Aldo. Ils se trouvaient sous l'escalier! Aldo était encore choqué. Monique avait certainement voulu le consoler. Mais j'avais bien vu qu'il y avait autre chose entre ces deux-là: Monique était amoureuse d'Aldo. Frankie n'avait pas surpris cette scène. Et il ne me croyait pas. Mais, moi, je savais!

– Où… Où est Frankie? demandai-je.

– Tu ne veux pas nous renseigner? reprit Mme Boivin, qui était plus têtue qu'un troupeau de chèvres. C'est ton père qui t'a donné des consignes?

– Mais non! Je ne sais rien de plus.

– Ton nez s'allonge!

Je rougis en reculant.

– Je vais voir dans le garage de Frankie.

– C’est ça ! Va donc là-bas ! Il doit être encore à trafiquer son engin dégoûtant.

En revenant dans le couloir, je poussai un soupir de soulagement. Ouf ! Je l’avais échappé belle !

Le hall d’entrée était dallé de carreaux noirs et blancs. La lumière filtrait par des vitraux multicolores. Là-bas, une tête de cerf empaillée et coiffée d’une immense paire de cornes me fixait de ses yeux de verre. Soudain, un vague mouvement attira mon attention. Il y avait quelqu’un dans le fond du hall ! Une silhouette fantomatique, vêtue d’une longue robe claire, flottait au-dessus du carrelage.

Au secours ! J’avais des visions !

11

Qui était cette fille ? Elle était blanche comme un cadavre, avec les cheveux hérissés sur la tête et une robe affreuse qui ressemblait à un couvre-lit chiffonné. Mon cœur s'arrêta de battre. Je ne pouvais plus faire un geste. L'autre non plus ne bougeait pas. Mélina Kraft avait-elle réussi à faire revenir du tombeau un cadavre caché par un ancêtre ? Était-ce l'Esprit de Juju qui se matérialisait sous mes yeux ? Le médium avait dit que les jeunes esprits innocents comme le mien devenaient des piles d'énergie. Cette séance horrible m'avait certainement trop chargée en énergie négative.

Brusquement, je pris conscience que la tête de cerf avait toujours été placée au-dessus d'un grand miroir. Quelle idiote, j'étais ! Ce fantôme n'en était pas un ! C'était moi, dans le reflet de la glace !

Avec ma robe de petite fille modèle et mes sandales Mickey, je ressemblais à une vampire adolescente dans un film américain de série Z. Si je voulais parler à Frankie dans son garage, il fallait que je change de tenue pour être crédible !

Car je sentais bien que Frankie me lançait des regards amoureux depuis mon retour. Pour l'instant, je jouais les aveugles. Mais je savais qu'il faudrait changer d'attitude au cours de l'été. Surtout avec cette affreuse histoire qui nous tombait dessus. Frankie était mon seul allié, je le trouvais gentil et… de plus en plus beau. Comme c'était difficile pour moi de gérer tous ces sentiments !

Je me dirigeai vers l'escalier qui conduisait au premier étage. Une volée de marches de chêne sombre décrivait une longue spirale. La rampe sculptée ressemblait à l'épine dorsale d'un monstre marin. Des portraits de famille, tous plus tristes les uns que les autres, s'alignaient sur le mur. L'escalier faisait un coude et dégageait un palier. Mon père y avait fait installer une paire de fauteuils rococo et une tablette de marbre. Personne ne s'asseyait jamais ici car c'est idiot de s'installer sur un palier ! Un obscur pressentiment arrêta mon pas. La fenêtre du palier donnait sur la façade arrière du château, du côté de l'abominable glacière. Ça ne me coûtait rien de jeter un petit coup d'œil…

Je contournai les fauteuils rococo, grimpai sur la tablette pour avoir un meilleur point de vue, et me tordis le cou pour surveiller les allées du parc.

Parfait !

Je distinguais Samantha dans ses vêtements de couleurs vives. Elle marchait dans l'allée en baissant la tête. Elle n'avait pas l'air contente. D'où j'étais, je vis qu'elle boudait… La précédant de quelques mètres, Aldo et mon père encadraient Mélina Kraft. La troupe se dirigeait vers la glacière !

Mais qui était ce jeune démon bondissant de tronc d'arbre en tronc d'arbre ? Quelqu'un surveillait le groupe aussi étroitement que moi.

Je reconnus le tee-shirt noir et son motif de hard-rock.

Mon Frankie jouait au détective !

Ah non ! Si l'on m'avait interdit d'aller à la glacière, ce n'était pas pour que Frankie me souffle la vedette ! De quoi il s'occupait celui-là ?

Mon sang bouillonna d'indignation. Je m'acharnai sur la poignée de la fenêtre et parvins à l'ouvrir. Je me penchai en hurlant :

– Frankie ! Frankie !

Il fit un bond de trois mètres et faillit tomber dans un fourré. Hé, hé, hé ! Il devait être furieux ! Samantha se retourna et observa les alentours.

Je hurlai encore plus fort :

– Frankie ! Je descends au garage !

Il me fit des gestes désespérés et se ratatina derrière un chêne. Alertés par mes cris, mon père et Aldo tournèrent eux aussi la tête. Désormais, il était impossible à Frankie de poursuivre sa filature. Mon père mit ses mains en porte-voix et cria de sa voix puissante :

– Caroline ? Tu vas nous embêter longtemps avec tes histoires ?

– Je cherche Frankie.

– Il n'est pas là ! Rentre dans ta chambre.

Très satisfaite de mon stratagème, je refermai la fenêtre. Il ne me restait plus qu'à aller me changer et rejoindre Frankie dans le garage.

Ça allait chauffer !

12

En deux temps et trois mouvements, je retirai ma robe et mes sandales avant d'enfiler un tee-shirt et un jean. Je me ruai hors de ma chambre, filai dans le couloir et descendis l'escalier en quatrième vitesse. Je sortis par la grande porte du hall, contournai le château et courus vers les anciennes écuries transformées en garages.

Le premier bâtiment abritait la Mercedes d'Aldo, la BMW de mon père et le cabriolet rouge que Samantha sortait pour frimer en ville.

Frankie s'était réservé un petit local annexe. Il l'avait décoré de posters déments sur lesquels des squelettes habillés de cuir jouaient de la guitare électrique sur des tombes vert fluo. Des carcasses de mobylettes récupérées au dépôt d'ordures rouillaient dans les coins. Je m'installai sur un vieux tabouret de bois que Frankie avait déniché dans une étable en ruine. Ce tabouret avait dû servir à une fermière du XVIIIe siècle pour traire les vaches. Il était bien pratique maintenant pour un loulou rocker réparant ses mobylettes pourries... Si chaque objet pouvait raconter son histoire, on pourrait en faire des romans!...

Frankie entra à cet instant dans son garage. Il sursauta en me voyant.

– Pourquoi tu m'as crié ça?

– Il faut qu'on parle.

– Tu m'as joué un sale tour. J'avais quand même le droit de me renseigner, non? Pourquoi tu as saboté ma filature? Je ne pouvais plus les suivre. Je suis certain qu'ils allaient à la glacière.

– Bravo ! Tu as raison. Ils allaient bien à la glacière.

– Raconte !

Il s'accroupit devant moi, les yeux écarquillés. Ses cheveux couverts de gel brillaient sous la lumière rasante. Devais-je tout lui dire ? J'hésitai pendant un instant puis me lançai :

– Cette femme qui s'appelle Mélina Kraft est bien médium ! Elle parle aux esprits des morts.

– Non ? s'exclama Frankie en devenant tout pâle.

– Tu ne vas quand même pas tourner de l'œil alors que tu as des tas de posters horribles sur tes murs ?

Frankie se redressa.

– Et… elle a parlé de ta tante Juliette ?

– Parfaitement et je lui ai servi de… pile psychique !

– C'est quoi ?

– T'occupe, c'est trop compliqué à expliquer à un gars comme toi.

– Dis donc. Je ne suis quand même pas le dernier des nuls.

– En tout cas, c'est très fatigant une séance de médium. Je ne te dis pas l'angoisse quand la voix de Juju est sortie par sa bouche ! Même mon père était vert ! L'Esprit de Juju nous a récité l'un de ses poèmes. Il nous a dit aussi qu'elle avait été assassinée. Alors, tu vois bien, j'avais raison !

– J'y crois pas ! Un esprit ne peut pas parler. Ces histoires n'existent pas !

– Si tu avais été dans la bibliothèque, tu n'aurais pas la même opinion.

– Pourquoi se rendaient-ils tous dans la glacière ?

Je frissonnai.

– Parce que le médium a dit que c'était là que… que Juju avait été assassinée et cachée.

Frankie avala sa salive. Je vis sa pomme d'Adam monter et descendre le long de son cou maigre. Pour sûr, il avait aussi peur que moi.

– C'est idiot ! Je connais bien ma glacière. Il n'y a rien là-dedans.

– Dis-donc, Frankie ! Ce n'est pas ta glacière. C'est notre glacière ! Et parmi les habitants du château c'est nous qui connaissons le mieux les lieux.

– C'est vrai Caro. Tu te rappelles les histoires que je te racontais là-dedans ?

– Et les araignées que tu me glissais dans le cou ?

– C'était le bon temps ! J'avais toujours le dessus sur toi.

– Forcément ! Tu es plus vieux et tu es un garçon.

– Caro... commença-t-il d'une voix rauque.

– Quoi ?

– Je veux te dire quelque chose.

– Pas maintenant ! dis-je très vite. Ce n'est pas le moment. Nous parlions de la glacière.

Frankie fit la grimace. Il attrapa une clé anglaise et joua avec.

–Nous connaissons chaque centimètre carré de ce bâtiment. Ta médium a menti, Caro. Juliette n'est pas là-bas.

–Si tu avais entendu cette horrible voix, tu comprendrais ce que je veux dire. La preuve : je ressemblais moi-même à un mort-vivant quand je suis sortie de la bibliothèque.

–C'est pour cela que tu t'es changée ?

Je ne répondis pas. Une idée fulgurante venait de me traverser l'esprit.

–Qu'est-ce que tu as ? me demanda Frankie.

–Je viens de penser à quelque chose.

–Ça t'arrive souvent ?

–Figure-toi que je réfléchis, moi ! Je ne pense pas toujours aux filles.

–C'est la meilleure ! Il n'y a que toi ici. À qui veux-tu que je pense ?

–Tu dévores Samantha des yeux ! Et avant, il y avait Monique.

–Tu es jalouse ?

Je secouai la tête. Frankie m'attirait sur un terrain dangereux.

Il fallait que je le ramène sur le terrain de l'enquête.

– Cette glacière a été construite il y a des siècles. Qui nous dit qu'elle ne renferme pas un secret ?

– Un secret de quoi ?

Quel crétin ! Le mot « bibliothèque » m'avait ouvert les yeux. La glacière n'était peut-être pas une construction aussi simple qu'elle paraissait…

– Attends-moi ! hurlai-je à Frankie.

– Où tu vas ?

– Dans la bibliothèque !

– Mais…

Je ne l'écoutais plus. Je bondis de mon tabouret et piquai un sprint jusqu'au château.

13

J'entrai dans la bibliothèque d'un pas résolu. La grande pièce était vide.

Ils étaient tous partis à la glacière et moi, on m'interdisait de les accompagner ? Ils allaient voir de quoi j'étais capable ! Caroline Bonnemaison n'était pas du genre à rester les bras croisés à ne rien faire ! Elle avait des idées et n'aimait pas du tout être rejetée par les adultes qui se croyaient plus intelligents et plus logiques. Hé ! Hé ! Mon merveilleux nouvel éclair d'intelligence allait leur prouver de quoi j'étais capable...

Je relevai les yeux vers les longs rayonnages remplis de livres. Il y avait des tas de vieilles encyclopédies préhistoriques que personne n'ouvrait depuis longtemps. Voyons, voyons… Il me fallait une encyclopédie d'architecture.

Mon enquête commençait ici. L'ampoule qui clignotait dans mon cerveau devint rouge. J'étais certaine de trouver des indices ! Des indices inédits !

Ça y est ! Une énorme collection intitulée :

ARCHITECTURE COMPLÈTE
DES DEMEURES, MONUMENTS
ET ENTREPÔTS DIVERS

me parut le support idéal de mes recherches. Je sortis le volume contenant les mots commençant par E, F et G. La culture pèse toujours très lourd. Le tome faisait donc des tonnes. Il était relié en cuir rouge. Contrairement aux autres volumes, celui-ci n'était pas poussiéreux. Bizarre. Quelqu'un l'avait-il lu ces derniers temps ?

Je l'ouvris sur la table de lecture.

Mon index excité tourna les pages à toute vitesse. Voilà ! J'y étais !

Sous le mot GLACIÈRE, je trouvai un long descriptif ainsi qu'un croquis. Après toutes les indications sur le choix du terrain et les mesures du bâtiment, je lus : « *...le fond de cette cave est carrelé en pierre, et forme un puisard où vont s'écouler les eaux de la glacière. Sur un lit peu épais qui revêt le haut du puisard, on couche une grille en fer sur laquelle reposera le premier lit de glace; ensuite on jette les glaçons ou la neige, en les tassant à mesure pour laisser le moins de vide possible.* »

Ce charabia était assez compliqué à comprendre. Heureusement, au-dessous, il y avait un croquis beaucoup plus compréhensible pour une lectrice du XXe siècle même douée en lecture expliquée.

Ce croquis me fascina. On y voyait une grille placée au-dessus d'un espace d'écoulement nommé puisard.

Comment n'y avais-je pas pensé plus tôt ? Mon cœur battait à toute vitesse. Je tenais sous mes yeux la terrible solution du problème !

Je me redressai. Mes joues brûlaient. Je venais de mettre le doigt sur l'information qui manquait à l'enquête. Comme ça ! D'un seul coup ! Suite à une idée soudaine.

J'entendis la porte de la bibliothèque s'ouvrir. Je fis volte-face, le cœur affolé.

14

Ce n'était que Monique, armée de son balai. Ouf! Pendant une seconde, j'avais cru qu'un mystérieux assassin entrait en cachette pour me trucider. Moi, le témoin qui en savait trop!

– Que fais-tu ici? demanda Monique. Je croyais que tu étais avec Frankie.

– Je lis! Je m'instruis! Ça se voit pas?

Elle fronça les sourcils.

– Tu n'as pas autre chose à faire qu'à respirer la poussière de ces vieilleries?

Je refermai le volume de l'encyclopédie. Je ne devais surtout pas montrer mon excitation. Un détective doit rester maître de ses sentiments.

Monique balaya devant la cheminée sans s'occuper de moi.

Je rouvris le livre et photographiai mentalement le croquis de la glacière. Puis je me levai et rangeai le volume sur son rayonnage.

Maintenant, j'étais prête à affronter les adultes ! J'avais quelques indications à leur donner...

Alors que je me retournai, mes yeux tombèrent sur le grand sac noir de Mélina Kraft, abandonné sur le canapé. Et une nouvelle idée, tout aussi géniale, germa dans mon esprit enfiévré.

Le sac !

Depuis que je suis toute petite, on m'a appris à ne pas voler, à ne pas fouiller, à ne pas écouter aux portes, bref à bien me tenir... Mais, cette fois-ci, les circonstances étaient graves ! Cette femme aux pouvoirs mystérieux cachait quelque chose !

Et quel meilleur endroit pour découvrir des indices supplémentaires qu'un sac de dame ?

15

Il fallait en avoir le cœur net. Mais Monique devait quitter les lieux… Je pris donc un nouveau livre au hasard et me réinstallai à la table de lecture.

Au bout de quelques minutes, Monique me demanda :

– La dame en noir n'est plus là ?

– Je… je ne sais pas.

– Elle est partie dans le parc. Je l'ai vue par la fenêtre avec ton père et les autres…

– Ben, pourquoi tu me le demandes alors ?

– Je ne sais pas exactement où ils sont allés. Tu le sais, toi ?

– Non. Je ne passe pas mon temps à les surveiller, mentis-je.

– Elle a laissé son sac ici.

Monique le désigna de son balai. Pourvu qu'elle n'ait pas l'idée de prendre le sac et de l'emporter avec elle dans la cuisine.

Mais non ! Monique s'en désintéressa et poursuivit son ménage. Elle grommela encore quelques mots auxquels j'évitai de répondre et sortit enfin de la pièce.

J'attendis un peu. Le bruit de ses pas s'éloigna. Une porte claqua et le silence s'empara de nouveau de la bibliothèque et du hall.

Vite ! Précipitons-nous sur cette proie gorgée d'indices !

Après avoir posé le volume de l'encyclopédie sur un fauteuil, je me levai, trottinai sur la pointe des pieds jusqu'à la porte et la refermai sans bruit. Puis je revins vers le canapé et me jetai sur le sac abandonné.

Quelqu'un pouvait surgir à n'importe quel moment. Je n'avais pas un instant à perdre !

Sans plus de façons, je renversai le sac et étalai son contenu sur le tapis. Parfait ! Il était bien rempli. Tout d'abord, j'ouvris le portefeuille. Le portefeuille est toujours l'élément primordial dans un sac. J'ai lu ça dans une grande enquête sur les sacs à main.

Les papiers d'identité étaient au nom d'Antoinette Kraft mais si le prénom ne correspondait pas, la photographie paraissait être celle de la femme qui m'avait tenu la main. Elle habitait à moins de deux kilomètres, dans la rue principale du gros bourg voisin !

Cette révélation m'étonna. Antoinette-Mélina Kraft avait affirmé qu'elle n'était pas au courant de la disparition de tante Juju. L'esprit ne s'était manifesté à elle qu'un an plus tard, à la lecture de l'avis de messe-souvenir. Et Antoinette-Mélina n'habitait qu'à deux kilomètres ! Comment était-ce possible, alors que toute la région avait été passée au peigne fin par la police ? Aucun des habitants du coin n'ignorait que la riche Juliette Bonnemaison-Fabbri avait disparu… sauf Antoinette ! Bizarre.

Dans le sac, il y avait aussi un trousseau de clés, trois agendas et un carnet bourrés de noms de sociétés parisiennes, un plan pour arriver à notre propriété et l'avis de messe anniversaire de tante Juju découpé dans le journal.

Je m'emparai du trousseau de clés et replaçai les autres ustensiles dans le sac que je remis soigneusement à la même place.

À partir de maintenant, il fallait faire vite !

Je décidai de prendre le volume encyclopédique qui m'intéressait, enfonçai le trousseau de clés dans ma poche et sortis de la pièce.

16

J'aurais été incapable de dire ce que j'espérais. Je me laissais juste conduire par mon instinct.

Et mon instinct me disait que Mélina Kraft nous cachait une partie de la vérité. Dans mon enquête sociologique sur le contenu des sacs à main, je n'avais rien lu sur ceux des médiums. C'était une profession trop rare pour être recensée. Mais mon petit doigt me disait qu'un médium n'aurait jamais possédé autant d'agendas. Cela faisait trop moderne. Si j'avais trouvé des poupées de cire avec des clous plantés dans la poitrine, j'aurais été plus rassurée. Mais là, Mme Kraft, qui habitait à deux kilomètres, paraissait avoir une autre profession beaucoup plus tournée vers la société. Dirigeait-elle une entreprise ? Était-elle secrétaire d'une association ? Un médium guidé par les Esprits avait-il besoin d'un plan pour venir au château ?

Retour dans le garage de Frankie.

Il trompait son impatience en réparant un pot d'échappement crevé. Il avait les mains sales et ses mèches lui balayèrent le nez quand il releva la tête. Une miniradio hurlait du côté de l'établi.

– Qu'est-ce que tu fichais, Caro ? Cela fait trois heures que tu es partie !

– N'exagère pas ! J'ai été plus rapide que Speedy Gonzales. Si tu savais ce que je viens de découvrir, tu tomberais raide.

– Raconte !

– Pas le temps. Il va falloir nous dépêcher pour découvrir des indices supplémentaires.

Je sortis les clés de ma poche.

– Qu'est-ce que c'est ?

– Des clés, banane !

– Je le vois bien ! Si tu continues à me sortir tes réflexions vaseuses, je préfère que tu remontes dans ta chambre jouer avec tes poupées.

– Ce sont les clés de Mélina Kraft. Je viens de les... emprunter dans son sac resté dans la bibliothèque. Tiens, prends-les ! commandai-je.

– Mais... Qu'est-ce que j'en fais ?

– Tu montes sur ta bécane et tu files chez cette femme. Essaie de découvrir ce qu'elle fait réellement et ce qu'elle cache. Moi, je n'ai pas le temps de t'accompagner, je dois filer à la glacière tant que les autres y sont.

Je lui donnai l'adresse que j'avais mémorisée.

– Mais c'est tout près ! Et tu veux que je pénètre dans cette maison comme un cambrioleur ? s'exclama Frankie.

– Les cambrioleurs n'ont pas les clés. Ce sera juste une petite visite incognito.

– Tu en as de bonnes ! Je n'ai pas envie de me faire surprendre.

– Chez Mélina Kraft, tu ouvres grand tes yeux et tu viens me dire ce que tu as trouvé. Je suis certaine que cette femme a une autre occupation que celle de médium. Je sens une entourloupe dans l'air.

Frankie afficha un sourire satisfait :

– Il y a quelques minutes, tu me disais le contraire ! Pour toi, cette femme était un super-médium qui conversait avec les esprits.

– Figure-toi que j'ai découvert des tas d'agendas dans son sac. Tu files là-bas et tu mets de côté tout ce qui peut concerner ma famille et Juliette.

– Hé ! Une minute, poupée ! D'abord, je ne suis pas à tes ordres. Je ne veux pas me retrouver menotté chez les flics, avec un casier judiciaire.

Je dus déborder d'imagination pour lui sortir le maximum d'arguments :

– Ils sont à la glacière et moi, je suis en train de perdre mon temps avec toi ! Frankie ! Je dois aller là-bas pour voir ce qu'ils mijotent ! Et toi tu dois m'aider. Je n'ai quand même pas la faculté de me dédoubler. Alors tu m'aides.

Frankie fit la moue. J'insistai :

– Fais ça en souvenir de nos rigolades quand nous étions bébés. Je suis une sœur pour toi.

Il me jeta un regard tendre. Oh ! là, là ! Je n'étais pas habituée à ce genre de regard.

– Tu es plus qu'une sœur, me dit-il.

Pour une fois, je restai sans voix. Il s'approcha de moi et posa les mains sur mes épaules.

– Oui, Caro. Je vais faire cela pour toi.

– Merci.

– Donne-moi un baiser.

Il tendit les lèvres.

– Ça va pas la tête ?

– Si tu ne m'embrasses pas, j'y vais pas.

– C'est un affreux chantage !

Il sourit :

– Alors ?

Je fus obligée d'obéir. Finalement ce n'était pas désagréable. Même si le baiser ne dura qu'un milliardième de seconde.

–Je t'aime, murmura-t-il.

–Tu crois que c'est le moment ?

–Il n'y a pas d'heure pour l'amour.

–Dépêche-toi avant que Mélina-Antoinette revienne et reprenne son sac ! Je ne veux pas qu'elle se rende compte que j'ai subtilisé ses clés.

–C'est quoi ce gros bouquin, ma chérie ? demanda Frankie en louchant sur le volume de l'encyclopédie que je serrais toujours contre moi.

–Ne m'appelle pas comme ça ! Ce livre contient une preuve. Je t'expliquerai quand tu seras revenu.

–Adieu, mon amour.

–Arrête ou je t'assomme ! répondis-je en brandissant le livre.

Il enfourcha enfin son beau cheval d'argent, m'agita les clés sous le nez et démarra dans un nuage de poussière.

L'encyclopédie serrée contre mon cœur, je sautillai sur place. Pourvu que Frankie ne tombe pas en panne avec sa mob ! Après son départ, le silence se fit pesant comme une chape de plomb. Je me retrouvai seule, face à mon destin.

Je sortis du garage. La façade du château me dominait. Les carreaux des fenêtres brillaient sous le soleil. Personne ne m'observait. Mon cœur battait à toute vitesse. Était-ce parce que j'avais embrassé Frankie ou parce que je me retrouvais au centre d'une affaire criminelle mystérieuse ? Les deux, sans doute.

En tout cas, je me sentais différente. Mon ami d'enfance s'était transformé sous mes yeux en compagnon amoureux ! Cela me faisait un peu peur. Je ne savais pas si j'allais tenir le coup. Quelle pression dans ma tête !

Pour l'instant, il fallait mettre de côté mon histoire avec Frankie. Je respirai à fond et je m'élançai sur l'allée.

Direction la glacière.

17

Ce fut un jeu d'enfant de m'approcher sans bruit du vieux bâtiment tout envahi de lierre. Aucune ouverture ne perçait les épais murs circulaires, car la lumière ne doit jamais entrer dans une glacière. Sinon, c'est fichu, ce n'est plus une glacière.

Cachée derrière le tronc d'un chêne, je constatai que la petite troupe était encore à l'intérieur.

Je m'approchai encore. La porte rouillée était ouverte. Cela faisait des années que Frankie et moi n'étions pas venus ici. Des feuilles, des brindilles et de la terre s'étaient entassées devant la porte. Mon père et Aldo l'avaient forcée pour entrer. Le tas de détritus végétaux avait été repoussé sur le côté.

Comme il était loin le temps où Frankie et moi venions dans cet endroit sinistre nous raconter des histoires à faire peur ! Je me rappelai sa voix inquiète, ses yeux brillants, ses genoux sales et ses vieux shorts rapiécés. Frankie était impressionné quand je lui racontais les réceptions dans lesquelles me traînait mon père. Et lui, il m'impressionnait tout autant quand il me montrait des crottes de renard où les bons coins pour pêcher des carpes.

Il fallait repousser les souvenirs. Désormais, la glacière était devenue un tout autre bâtiment. Le tombeau de Juliette ! Je touchai la porte de chêne aux ferrures rouillées. Je tendis l'oreille et perçus la voix geignarde de Samantha.

– Vous avez déjà tout fouillé ! Il n'y a rien ! Ça pue et j'ai froid.

– Juliette était là ! intervint Mélina Kraft. Je sens encore ses ondes mortelles !…

Quel ton sinistre ! Samantha devait être morte de trouille.

J'écartai la porte en évitant de faire le moindre bruit. Les voix résonnaient dans la construction. Il ne faisait pas totalement noir car une brèche s'était ouverte dans le plafond et un large pinceau de lumière descendait jusqu'au fond tapissé d'une épaisse couche de végétation sèche.

– Il n'y a rien, dit Aldo. Je crois que nous perdons notre temps. Il faudrait revenir avec une torche et tout passer au peigne fin. Et nous préviendrons la police.

– Une minute ! lança mon père. Je préférerais être sûr avant de… La police va se montrer méfiante si nous parlons de cette… de cette femme et de ses pouvoirs. Il faut être discrets.

– Je vois ! Tu as peur que les journaux fassent un scandale. Ta carrière politique compte avant tout, hein ?

– Aldo ! Je sais que tu es impatient de savoir ce que ta femme est devenue, surtout avec cette histoire d'héritage.

– Qu'est-ce que tu veux dire ?

– Tu le sais parfaitement ! Le notaire a été très clair. La mort de Juliette n'est pas prouvée ! Tu ne toucheras rien tant que le corps ne sera pas trouvé.

– Mais qu'est-ce que tu veux dire ? Tu crois que je veux la retrouver seulement pour son ARGENT bloqué en banque ? Hein ? C'est ce que tu crois, Cyprien ?

– Je dis simplement qu'il faut être prudent, répondit mon père. Juliette était aussi ma sœur, ne l'oublie pas ! Moi aussi, je veux tout faire pour avoir l'explication. Mais on ne prévient pas la police pour rien.

– Vous n'allez pas encore vous disputer ! s'exclama Samantha. Moi, je sens un rhume qui commence.

– Fiche-nous la paix avec ton rhume ! hurla mon père. Tu n'as pas autre chose à penser dans ces moments tragiques ?

La tension était extrême. Dans quelques minutes, ils allaient s'entre-tuer !

18

Je vis une forme apparaître dans l'escalier. C'était Mélina Kraft qui le remontait à reculons. Je retins ma respiration. Je voulais me montrer et leur raconter ce que je venais d'apprendre et, en même temps, j'appréhendais tellement d'affronter ma famille que je reculais le moment fatidique ! Je me plaquai contre les pierres du mur.

– Il y a un an qu'elle est là ! souffla le médium.

– Cette glacière est vide ! jeta mon père. Il y a un an, personne n'y a rien trouvé. Et maintenant c'est pareil.

– J'ai une idée, dit Aldo. Et si on l'y avait mise après les recherches ?

– Dans un épisode de *Columbo*, précisa Samantha, un assassin avait la même idée ! Atchoum !

– Ne nous emballons pas ! dit la voix de mon père. Cela devient très grave !

– Moi, je crois Mme Kraft. Atchoum !

– Remontons.

– Cyprien ! Tu ne vas quand même pas laisser Juju là-dedans ?

– Elle n'y est pas ! Un point c'est tout !

– C'est faux ! dit Aldo.

– Dis-moi, où ? vociféra mon père.

•

C'était le moment idéal pour apparaître. Je fis une entrée théâtrale dans la glacière.

Mélina Kraft me vit la première. Elle avait le regard d'une folle. Je préférai l'éviter. L'escalier avait toujours été casse-gueule avec ses marches ébréchées et inégales. Mais je le connaissais bien et je ne chutai pas.

– J'ai quelque chose à vous dire ! clamai-je dramatiquement.

Mon père, Aldo et Samantha sursautèrent. Mon père, le premier, retrouva l'usage de la parole.

– Caroline, rentre immédiatement au château ! Samantha, ramène-la !

Je n'avais jamais vu Samantha aussi livide. Elle s'avança vers moi et voulut me saisir la main. Je me débattis en brandissant l'encyclopédie :

– Papa ! Je t'en prie, laisse-moi t'expliquer. J'ai découvert un indice incroyable !

Ils me contemplèrent avec des yeux ronds.

C'était ma minute de gloire. Quelle victoire !

19

– Quand Frankie et moi venions jouer ici, nous creusions parfois et, sous tous les détritus et la terre, il y avait du fer rouillé.

J'ouvris le livre avant qu'ils m'en empêchent.

– Regardez ce croquis de glacière ! Au-dessus du puisard d'écoulement, il y a une grille !

– Une grille ?

– Et sous la grille, il y a un espace ! Le vrai sol n'est pas celui où nous nous tenons. Il est au-dessous et construit en pente pour évacuer l'eau.

Mon père et Aldo, ébranlés, contemplèrent le schéma à la lueur filtrant par la brèche du plafond.

–Qu'est-ce que c'est que cette histoire de grille ? dit mon père. Je ne vois pas le rapport. Il n'y a pas de grille ici.

–Tu ne comprends pas, papa. Cette glacière possède forcément une grille ! Depuis des dizaines d'années, les détritus se sont amassés ici. On croit que c'est le sol de terre sous nos pieds mais c'est faux ! C'est la grille recouverte de terre et de débris accumulés par le temps. Et sous la grille, il y a un espace secret qui servait autrefois à l'écoulement de la glace fondue.

–Tu as raison, Caroline, souffla Aldo. Personne n'a pensé à cela. Personne n'a cherché sous le sol du bâtiment.

–C'est effrayant, hulula Samantha. Je suis malade de trouille. Vous… vous pensez qu'elle est là-dessous ?

À l'intérieur de la glacière, l'air était froid. Ce qui est normal pour une glacière. Mais moi, j'avais chaud ! Samantha et Mélina Kraft grimpèrent sur la volée de marches usées. Les murs arrondis donnaient l'impression que nous étions prisonniers au fond d'un puits monstrueux.

J'avançai jusqu'à l'endroit qui se trouvait juste en face de l'arrivée des marches et déclamai en pointant un index tremblant :

– Je me souviens. C'est là que nous creusions, Frankie et moi. C'est là que nous touchions du fer. Ce n'est pas profond.

Aldo s'accroupit pour gratter avec ses doigts. Mon père l'imita aussitôt. Moi, je restais dans l'ombre. Il fallait que je profite au maximum de cette angoissante situation ! Plus tard, j'aurai de véritables histoires d'horreur à raconter à mes petits-enfants !

– Je sens quelque chose ! cria Aldo.

Le sol était constitué d'humus de feuilles pourries. Il était léger et friable. Dessous, la matière en était noire et visqueuse.

Il y avait bien une grille ! J'avais raison !

– Poussez-vous ! lança Aldo en s'arc-boutant et en tirant de toutes ses forces.

Il soufflait comme un bœuf. Nous vîmes une grande plaque du sol bouger comme si un tremblement de terre soulevait le fond de la glacière.

Mais Aldo lâcha prise et tout retomba dans un grand floc.

Mon père s'avança pour aider Aldo :

– Samantha ! Au lieu de gémir sur ton escalier, viens donc nous aider aussi.

– Mais, Cyprien, je vais me casser un ongle !

– On se fiche de tes ongles ! Tu viens nous aider, c'est tout !

Quelle angoisse ! En grommelant, Samantha rejoignit les deux hommes.

– Ho ! Hisse !

Le sol se souleva à nouveau, comme une immense pierre tombale dans les films de vampires. Je vis apparaître le dessous de la grande grille aux mailles traversées par des milliers de racines.

Elle dégagea un autre fond. Un fond caché jusqu'à présent. Le fond d'écoulement des eaux que j'avais découvert grâce à la vieille encyclopédie !

Je retins ma respiration. Une violente odeur de moisi venait de monter dans l'air. Je me tordis le cou pour voir à l'intérieur de la fosse secrète.

Une eau noirâtre remplissait le puisard. Je ne distinguai pas grand-chose mais je vis de grandes herbes qui bougeaient et un bout de tissu fleuri.

Je hurlai à pleins poumons :

– Elle est là ! Elle est là !

Jamais, je n'avais eu aussi peur.

Les herbes n'étaient pas des herbes, mais des cheveux !

20

J'avais crié si fort que Samantha lâcha la grille et qu'Aldo, terrorisé, fit de même. Mon père tenta de la tenir seul, mais le poids de la grille était trop lourd pour lui. Il lâcha prise à son tour.

La grille se referma comme une mâchoire sur sa proie.

– Imbécile ! me cria mon père. À cause de tes cris nous n'avons rien vu !

– J'ai peur ! pleurnicha Samantha en essuyant ses doigts sur son tailleur chic.

– Tu as vu quelque chose, Caroline ? bégaya Aldo. Et vous, madame Kraft, vous avez aperçu l'intérieur ?

Le médium s'appuyait au mur pour ne pas s'évanouir. Elle était si pâle et tremblante qu'elle ne put prononcer un mot.

– J'ai vu un tissu à fleurs, dis-je. Et… et des cheveux !

– Juliette est là ! Elle a toujours été là !

Aldo bégaya. Mon père reprit la situation en main.

– Samantha ! Tu vas retourner dare-dare au château et nous ramener quelques outils et surtout une torche ! Et tu emmènes Caroline avec toi. Elle en a assez vu pour aujourd'hui !

Pour une fois, j'étais d'accord avec lui. La grille s'était soulevée une fois et cela m'avait suffi. Dans l'immédiat, je ne voulais pas d'autres détails. Pauvre tante Juju !

Samantha me prit par le bras. Mélina Kraft s'écarta.

– Je vais remonter, moi aussi, dit-elle. J'ai… j'ai besoin d'air pur.

Nous sortîmes toutes les trois. Les feuilles des arbres étaient d'un vert insoutenable. Le ciel était bleu des mers du Sud, l'air chargé de milliers de parfums délicieux. La vie est si belle quand le soleil rayonne.

J'aurais aimé que Frankie soit à côté de moi dans ces moments dramatiques. C'était dur de voir notre cachette secrète transformée en endroit chargé d'horreur ! Frankie, que faisais-tu en ce moment ? Ma vue se brouilla. J'allais tomber dans les pommes !

Je pensai soudain à ma pauvre tante flottant depuis un an dans la boue noire d'une glacière sans lumière. Les larmes me montèrent aux yeux. Qui avait pu la mettre là ? Qui était le monstre qui avait commis cet acte abominable ?

– Vous aviez raison, murmura Samantha en jetant un regard apeuré vers Mélina Kraft.

Le médium ne répondit pas.

– Vous avez un pouvoir fantastique… L'Esprit de Juliette survit, quelque part autour de nous, et vous l'avez fait parler.

Mme Kraft haussa les épaules.

– … mensonge ! murmura-t-elle à voix basse.

– Qu'est-ce que vous dites ? demanda Samantha.

– Rien ! Laissez-moi tranquille !

Mme Kraft fit un pas de côté comme si nous avions la peste.

– Viens Caro, me dit Samantha. Filons au château. Il faut que je ramène des outils pour les hommes.

Nous nous éloignâmes de la glacière.

– Tu vas faire des cauchemars, reprit Samantha.

– Oui, répondis-je. Mais le principal, c'est de savoir enfin ce qui est arrivé à tante Juju.

– Si j'avais su que son Esprit nous guiderait jusqu'à son corps, je ne…

Samantha s'arrêta net.

– Quoi ? Qu'est-ce que tu aurais fait ? demandai-je pour qu'elle achève sa phrase.

– Tu es trop curieuse, Caro. Beaucoup trop curieuse pour ton âge.

21

Frankie et sa mobylette n'étaient pas encore rentrés. Mme Boivin et Monique époussetaient les têtes de cerfs dans le hall. Samantha passa devant elles, la tête haute, les reins cambrés. Nous montâmes directement à ma chambre.

– Maintenant, Caro, tu vas enfin obéir à ton père. Tu restes ici. Moi, je vais chercher des outils et me changer.

– Personne ne voulait m'écouter. Et pourtant...

– Tu es une maligne, toi !

Samantha me jeta un regard par en dessous. Pendant une seconde, elle eut un air menaçant mais le sourire revint vite sur ses lèvres couvertes de rose nacré.

– C'est bien triste, dit-elle enfin. Ça met un point final à cette disparition. Pauvre Aldo. Il espérait tant… Enfin, il n'espérait plus… Enfin, je veux dire…

– Qu'il espérait retrouver sa femme morte ?

– Comment peux-tu dire des choses pareilles ? Aldo est un garçon super. Tu ne comprends rien à rien. Tu crois que c'était drôle pour lui de ne pas savoir ce que sa femme était devenue ? Il était coincé ici, il ne pouvait rien faire.

– C'est du passé désormais.

– Oui… Il va pouvoir reprendre une vie normale.

– Moi, je pense que c'est le début d'une sale histoire.

– On est en plein dedans.

– Tu ne te demandes pas qui a caché Juliette sous la grille ?

Samantha frissonna :

– Ce doit être un suicide. Juliette était toquée.

– Elle est allée dans la glacière, a soulevé la grille, s'est tuée et a soigneusement refermé la grille sur elle… C'est ta solution, Samantha ?

– Tu me prends pour une idiote ? Ce n'est pas comme ça que je vois les choses.

– Comment tu les vois, alors ?

– Ça ne te regarde pas, Caro !

– Tu penses à quelqu'un, n'est-ce pas ? Quelqu'un que je connais…

– C'est impossible. Aucun habitant du château ne réaliserait un crime pareil. Moi, je crois que Juliette est tombée sur un vagabond.

– Un vagabond ? Un inconnu qui connaissait l'existence du puisard sous la grille ?

– Tu m'énerves !

Samantha planta ses ongles dans mon bras :

– Je te préviens, sale morveuse, qu'il va falloir que tu tournes trois fois ta langue dans ta bouche avant de parler. Tu es dangereuse. Personne n'est à l'abri avec toi.

– Lâche-moi, tu me fais mal.

– Tu m'as bien comprise ? Ton père est trop bon avec toi. Il te passe le moindre de tes caprices.

– C'est la meilleure ! N'importe quel criminel de guerre est plus gentil avec ses prisonniers.

– Tais-Toi ! Tu ne connais pas ton bonheur ! Sale peste ! Moi, j'ai dû ramer pour parvenir à ce que je suis. Je suis partie de rien, tu entends ? Et ce n'est pas une langue de vipère comme la tienne qui me mettra en danger.

– Si tu te sens en danger, c'est que tu ne dis pas toute la vérité.

– Personne ne dit jamais l'entière vérité ! C'est impossible.

– Il faudra bien la dire aux flics !

Je la regardai dans les yeux et poursuivis, sans réfléchir à la portée de mes paroles :

– Tu aimes Aldo ?

Samantha blêmit :

– Qu'est-ce que tu dis ?

– Tu n'attendais que ça, toi aussi. Retrouver le corps de Juju.

– C'est ton père que j'aime ! Pas Aldo ! Tu es complètement folle, ma pauvre Caro.

Elle approcha son visage du mien :

– C'est le genre de paroles que tu regretteras un jour, articula-t-elle posément.

Samantha se redressa, traversa la chambre et claqua la porte sur cette réplique inquiétante.

22

Frankie arriva cinq minutes plus tard. J'entendis la pétarade de sa mobylette au même instant où j'observai, par ma fenêtre, Samantha repartir vers les bois, chargée comme un bourricot. Elle transportait des cordes, des harnais et des crochets récupérés parmi son ancien matériel d'alpiniste. Elle avait aussi changé de vêtements. Un caleçon coloré, un tee-shirt et une paire de tennis avaient remplacé le tailleur chic et les escarpins à talons.

Quand elle fut à cinquante mètres, Mme Boivin et Monique sortirent toutes deux sur le perron. Elles suivirent Samantha du regard jusqu'à ce qu'elle disparaisse derrière le premier bosquet. Monique agita les mains. Mme Boivin baissa la tête. D'où j'étais, je ne pouvais pas entendre ce qu'elles disaient. Dommage.

Deux mains s'appliquèrent dans mon dos et me donnèrent une légère poussée. L'assassin était entré en cachette dans ma chambre ! Il voulait me basculer par la fenêtre ! Au secours !

– Ha, ha, ha ! rigola Frankie. Si tu voyais ta tête.

– Tu ne pourrais pas frapper avant d'entrer ?

– Désolé, princesse de Bonnemaison. Mais je suis obligé de me conduire comme un voleur. Si quelqu'un me voit dans ta chambre, je me ferai passer un sacré savon !

C'est vrai que ni sa mère, ni Monique, ni mon père, n'aimaient que le personnel se mélange à la famille. Chacun devait rester à son étage…

Comme c'était injuste ! Les barrières ne pouvaient-elles pas tomber quand on avait vécu tant d'années ensemble ? Je fixai le regard intense de Frankie et son sourire narquois. Comme j'avais plaisir à le revoir après le discours violent de Samantha. Je lui touchai le bras.

– Je l'ai trouvée ! dis-je.

– Qui ? demanda Frankie en devenant pâle.

– Tante Juju ! Son corps était sous une grille de la glacière ! Depuis un an !

Frankie se laissa tomber sur une chaise. Je lui fis un rapide récit de mes aventures et ouvris sous ses yeux le volume d'architecture pour lui montrer le plan.

– Seigneur ! souffla-t-il. Alors c'est bien un meurtre ! Tu aurais quand même pu me faire confiance et me dire de venir avec toi. De quoi j'ai l'air, moi ? J'aurais pu te soutenir et t'aider dans la glacière. J'aurais pu...

Il me regardait d'un air implorant. Qu'il était mignon quand il prenait cet air de chien battu. Je lui serrai les deux mains.

– Mais je t'ai fait confiance, Frankie ! Je t'ai demandé d'aller fouiller l'appartement de madame Kraft. Et tu y es allé ! Tu as fait ça pour moi ! C'est une grande preuve d'am...

Je ne pus achever le mot qui m'était venu à l'esprit.

– D'amour ? dit Frankie. Oui, Caro ! C'est pour te prouver que je tiens à toi que...

– Je voulais dire « d'amitié » Frankie !

Il ne fallait pas lui faire plaisir trop vite. Une jeune fille doit savoir se faire désirer.

– Tu as trouvé quelque chose ? poursuivis-je.

Il hocha la tête. Mon cœur se serra.

– Je n'ai pas mis longtemps. C'est dans le bourg, au fond d'une impasse tranquille. Il n'y avait pas un chat. La maison de Mme Kraft est petite. Je n'ai eu aucun mal à entrer.

– Et alors ?

– D'après ce que tu m'avais raconté, je m'attendais à trouver des hiboux empaillés, des boules de cristal et des cartes de tarot. Bref, la panoplie de la voyante-médium. Non, c'est un intérieur normal, avec des tas d'affiches de cinéma et de théâtre accrochées au mur. Sur une commode, il y avait un gros bouquin avec les photos d'une femme dans différents rôles. Je ne me rappelle plus comme s'appelle ce genre de dossier.

– Un press-book !

– Et tiens-toi bien, Caro, la femme était la Kraft ! Je l'ai bien reconnue malgré ses maquillages craignos. Elle joue dans des spectacles de cabaret et au théâtre. Elle n'est pas plus médium que toi et moi. Elle est imitatrice et actrice !

23

Je ne m'étais pas trompée! Déjà, la présence des agendas dans son sac prouvait que Mélina Kraft avait plus d'atomes crochus avec la représentation qu'avec le monde des ténèbres.

– C'est tout ce que tu as trouvé?

– Hé! C'est déjà pas mal!

– Cela n'explique pas comment elle a fait pour découvrir le dernier livre lu par Juju, celui de Barbara Dellyand. Ni comment elle connaissait les poèmes romantiques de Juju. Ni comment l'Esprit a parlé du corps dans la glacière... Tu crois qu'on peut être actrice et médium?

–Ça m'étonnerait. Mais son talent d'imitatrice peut la servir. Elle peut prendre n'importe quelle voix !

–Redis-moi ça, Frankie.

–Elle peut prendre n'importe quelle voix ! En plus, il doit y avoir une histoire de gros sous derrière tout cela.

–Ou une histoire d'amour ?

–On ne risque pas de se tromper, reprit Frankie d'un air suffisant, en lissant ses mains calleuses sur son jean déchiré. Les deux choses qui mènent le monde sont l'argent et le sexe !

–On dit l'argent et l'amour !

–Tu es bien la nièce de ta tante. Toi aussi tu es romantique… ma chérie.

Il se pencha vers moi. Je reculai en désignant le trousseau de clés qui sortait de sa poche :

–Il faut remettre les clés dans son sac ! Elle peut revenir d'un instant à l'autre.

–Où sont ton père, Aldo et les autres ?

–À la glacière. Samantha vient de partir avec du matériel. Mon père ne veut pas appeler les flics avant d'avoir vu tante Juju de ses propres yeux ! Ça va être horrible !

Nous observâmes une minute de silence. Frankie me prit la main et la serra très fort. Lui aussi avait de la peine. Il aimait bien Juju.

– On finira bien par le coincer, dis-je à voix basse.

– Qui ?

– Celui qui a fait ça !

– Qui te dit que c'est un homme ? Les femmes aussi sont suspectes.

Cette réflexion de Frankie me fit froid dans le dos. D'un seul coup, je pensai aux dernières paroles de Samantha. Elle m'avait parlé méchamment. Cela voulait-il dire que… ? Non, ce n'était pas possible ! Il valait mieux évacuer cette supposition de mon cerveau.

Mais j'étais obsédée par cette épouvantable pensée. L'assassin habitait le château ! C'était un familier… Si ce n'était pas Samantha, ce pouvait être Aldo, ou mon père ! Ou Mme Boivin ! Ou Monique ! Ou Frankie ! En tout cas, ce n'était pas moi. À moins d'être complètement foldingue avec un dédoublement de personnalité, je m'en rappellerais, quand même, si j'avais assassiné Juju.

Je fixai Frankie.

– Toi aussi, mon petit Frankie, tu es innocent ! murmurai-je.

Il profita de mon état perturbé pour m'embrasser gentiment.

24

Frankie tapota la couverture de l'encyclopédie d'architecture.

– Ben ma vieille ! Pour une fois que tu ouvrais une encyclopédie, t'as décroché le gros lot ! On ne voit ça que dans les films ! Les flics ne vont pas tarder à débarquer. Il va falloir que tu leur racontes ton histoire. Et tu seras obligée de parler de ce que j'ai fait dans la maison de Mme Kraft.

– On verra, on verra.

– Il faudra peut-être que je parle aussi de ce que j'ai trouvé dans la poubelle de ta sorcière.

– Quelle poubelle ?

Il bondit sur ses pieds, plongea une main dans sa poche de jean, se tortilla et sortit une cassette de magnétophone. La bande était coupée.

–Hé! Frankie! Ce n'est pas le moment d'écouter ta musique pourrie! On a autre chose à faire. Cette bande cassée ne peut rien nous apporter.

–Tout d'abord, Caro, c'est parce que la bande s'est cassée que la mère Kraft a jeté cette cassette à la poubelle. Sinon, je ne l'aurais jamais trouvée. Secondo, mon attention a été attirée par l'étiquette qui est collée sur la cassette. Lis donc.

Je me tordis le cou. Le mot « POÈMES » y avait été écrit d'une écriture tarabiscotée.

Cette écriture! Ces absurdes jambages du P et du M, je les aurais reconnus n'importe où! C'était l'écriture de Juliette!

–Bravo Frankie!

–Et figure-toi que je suis le roi des cassettes scotchées!

– Rebravo, Frankie !

En un tournemain, Frankie découpa un minuscule bout de scotch, rembobina la bande à l'aide d'un crayon et enclencha l'indice dans ma minichaîne.

Une voix déclama :

– *Vivre d'amour et d'eau fraîche*
Quand le cœur n'en peut plus et s'assèche.
Croquons la pomme d'amour
Et vivons pour toujours,
Amour mi amor
Mi amour mon cœur.

C'était une voix d'outre-tombe !

La voix de tante Juju enregistrant ses poèmes !

25

– Comme toi, j'ai reconnu son écriture sur la cassette, expliqua Frankie. C'est pourquoi je l'ai prise. Ta médium aurait pu prendre plus de précautions ! Elle ne doit pas être douée pour la combine.

– Une minute, Frankie ! Laisse-moi réfléchir. Ce poème, je l'ai entendu dans la bouche de Mélina Kraft ! C'était l'Esprit qui parlait !

– C'est tout vu, ma vieille. Vous vous êtes fait avoir en beauté ! Elle n'est pas médium. C'est du flan ! D'ailleurs, je n'y ai pas cru une seule seconde à tes histoires de voix ! C'est une actrice qui a appris un poème inédit, voilà. Et vous êtes tombés dans le panneau.

–Mais pourquoi? Pourquoi?

Je me sentais dépassée par les événements. J'avais eu trop d'émotions! Je n'arrivais pas à comprendre la signification réelle de cette cassette. Que fallait-il en déduire? Je n'arrivais pas à la cheville de Sherlock Holmes, ni même à la base de son orteil! Frankie avait les idées plus claires.

–C'est pas difficile. Ta bonne femme s'est procuré cette cassette pour apprendre à parler avec la voix de Juliette! Elle l'a imitée tu comprends? La voix que t'as entendue, avec les *mi amor* et tout le tralala, elle était contrefaite et le poème était appris par cœur! L'actrice se déguise en noir et vient ensuite vous voir.

–Mais… mais dis-moi pourquoi?

–Pour l'argent pardi! Vous la prenez pour une géniale médium et ton père va lui faire un beau chèque avec plein de zéros. Et après, salut la compagnie!

– Mais le livre ? Les mots doux ? Et la glacière ? Comment pouvait-elle affirmer que tante Juju était morte ? Personne n'en avait jamais eu la preuve ! Et surtout, comment savait-elle que tante Juju était bien dans la glacière ?

– Elle a pu entendre les confidences de quelqu'un.

– Oui. C'est ce que je pense. Cette personne lui aurait donné la cassette et le maximum de renseignements. C'est un proche de tante Juju.

– Quelqu'un d'ici !

– Tante Juju était riche. Oh ! C'est affreux. Il me semble que ce sale argent est partout.

– Évidemment ! ricana Frankie. Aldo devait commencer à trouver le temps long. Désormais, il va pouvoir palper son héritage et épouser Monique.

– J'aurais mieux fait de ne rien te raconter. Aldo est encore jeune et…

– Et Samantha ?

– Samantha est une fille sympa ! Je ne vois pas pourquoi tu parles d'elle.

Frankie eut un sourire de petit mâle :

– Tu oublies qu'elle a mis le grappin sur ton père dès que ta mère est partie dans le Midi. Samantha est une copine d'Aldo. Ils se connaissaient aux Beaux-Arts avant même que tante Juliette entre dans leur vie.

Samantha !

26

Ma fenêtre était toujours ouverte. Nous entendîmes les graviers crisser. Plusieurs personnes marchaient en bas.

Frankie bondit et, se mettant de côté pour que personne ne le voie, se dévissa la tête et observa :

– Ils reviennent ! Ils ont l'air hagard.

Je le rejoignis.

– Ça y est ! Ils ont vu tante Juju ! Ils vont prévenir les flics.

Je me ruai hors de la chambre, Frankie sur les talons. Mon père, Aldo, Samantha et Mme Kraft entrèrent dans le hall. Nous nous tenions dans l'escalier. Ils levèrent les yeux vers nous.

– C'était elle ? demandai-je.

Mon père jeta un mauvais regard vers Frankie et hocha la tête :

– Oui. Tu avais raison, Caro. Nous allons immédiatement appeler la police. Ce doit être un suicide.

– Un suicide ? s'exclama Samantha. Avec une grille par-dessus ? Mais tu délires, Cyprien !

– Laisse la police faire son travail ! Aldo est malade.

Aldo était aussi pâle qu'un mort. Samantha ne semblait guère mieux.

– Ça ne sert à rien de parler de suicide, reprit Aldo. Cyprien, tu veux préserver ta petite tranquillité à tout prix. C'est un meurtre !

Monique apparut à cet instant. Elle resta interdite, les yeux braqués sur Aldo :

– Nous venons de retrouver Juliette, jeta celui-ci. Elle est morte. Cachée dans la glacière.

Monique poussa un cri et lâcha sa pile de linge.

– Ramassez ça, Monique ! grogna mon père. Toi, Samantha, arrête tes comédies hystériques et toi, Aldo, je te prie de ne pas parler à tort et à travers.

Monique ramassa les torchons étalés en éventail sur le carrelage. Samantha monta l'escalier comme un zombi. Elle dépassa Frankie, puis moi, sans nous jeter le moindre regard. Quand nous entendîmes la porte de sa chambre claquer au premier étage, Aldo se laissa tomber dans un fauteuil. Il resta là, courbé, les bras ballants, les yeux fixés sur les carreaux noirs et blancs.

Monique le regarda pendant de longues secondes, des larmes plein les yeux :

– Alors, c'est fini ?... murmura-t-elle.

Aldo hocha la tête. Monique étouffa un sanglot, tourna les talons et repartit vers la cuisine. Elle courait se consoler auprès de Mme Boivin.

Frankie voulut la suivre mais je le retins par le poignet. Ah non ! Je n'allais quand même pas rester seule. J'avais besoin de mon garde du corps préféré !

Mon père, droit comme un i, marcha vers son bureau. Aldo considéra Mélina Kraft avec une terreur respectueuse. J'aurais beaucoup donné pour connaître ses pensées profondes.

Et Mme Kraft, l'actrice-imitatrice, que pensait-elle ? J'avais l'impression que nous étions en train de jouer une scène de film. Les ombres de la mort et du doute pesaient sur nous.

Tante Juju était officiellement découverte, Aldo allait toucher son héritage. Cela voulait-il dire que…

Mon oncle repoussa le fauteuil, se leva et s'enfuit.

Nous laissant seuls, Frankie et moi, avec la femme en noir.

Il fallait en profiter !

27

Frankie avait encore le trousseau de clés dans sa poche. Je le sortis et m'approchai de Mélina Kraft :

– Vous êtes contente ? Vous avez bien réussi votre grande scène de la médium ?

Elle me fixa, profondément troublée. Non, c'était un adjectif trop faible : elle était terrorisée ! Ses lèvres tremblaient :

– Je ne voulais pas cela…

– Que cherchiez-vous, alors ? C'est quand même grâce à vous que Juju est retrouvée.

Ses yeux se plissèrent :

–Je ne savais pas, moi, qu'il existait une grille ! dit-elle à voix basse.

–Ce devait être le seul renseignement qui vous manquait, commenta Frankie derrière moi.

Mélina Kraft se mordit les lèvres. Elle regarda à droite et à gauche, comme une bête prise au piège.

–Ne jouez plus la comédie, repris-je. Nous savons que vous n'êtes pas médium. Voici vos clés. La police sera très intéressée d'apprendre que vous possédiez une cassette enregistrée de la voix de tante Juju.

Les yeux de la femme se dilatèrent de peur :

–Comment savez-vous ?... Vous avez fouillé ma maison ! Vous avez osé ?

–Nous raconterons tout à la police. Qui vous a donné cette cassette ? Qui vous a fourni les autres renseignements, le titre du livre par exemple ?

–Ne dites rien ! Oh ! N'en parlez pas à la police ! Je vous en prie ! Je ne suis qu'une simple actrice. C'était un piège… Un horrible piège. Je n'étais pas au courant du meurtre. On m'avait juste dit que c'était un suicide, que le corps était caché et qu'il fallait le faire remonter à la surface pour une histoire d'assurances. Je suis dans une sale situation.

Il fallait en profiter pour la faire avouer tant qu'elle était sous le choc.

– Vous nous avez menés en bateau ! Pourquoi ? Qui vous a demandé de jouer cette comédie, madame Antoinette Kraft ?

Épouvantée, la femme tremblait de tous ses membres. Elle était dépassée par les événements. Ses mains se crispaient sur le tissu noir de sa robe.

– Je suis une imitatrice. C'était un contrat de travail. Un travail qui devait me rapporter gros. Ce n'est pas un simple cas de suicide et une histoire d'assurances. C'est un meurtre, n'est-ce pas ? On m'a bien eue ! J'ai été utilisée. Qu'est-ce que je vais devenir ?

Frankie restait derrière moi, les muscles tendus. Pourvu que Mme Kraft ne sorte pas un poignard de sa manche ! Nous n'aurions jamais le temps de nous enfuir...

– Écoutez ! chuchota-t-elle. Je ne vais pas me laisser accuser ! On ne m'aura pas aussi facilement. Je dirai tout ! Je vais attendre la police avec vous et je détaillerai les manœuvres que l'autre a utilisées.

– L'autre ? Quel autre ? demanda Frankie.

– La personne qui est à la base de tout ! Si j'avais su que je faisais équipe avec un assassin, je...

Elle n'acheva pas sa phrase. Elle eut une sorte de hoquet, ouvrit la bouche et étendit les bras comme si elle allait prendre son envol. Une grande tache rouge venait d'apparaître sur sa poitrine ! Elle y porta les mains et les retira pleines de sang. Ses jambes se dérobèrent sous elle et elle s'effondra devant nous.

On venait de lui tirer dans le dos !

28

Une deuxième balle siffla à mes oreilles et alla fracasser le bois d'un cerf empaillé. Frankie me prit le bras :

– On nous tire dessus ! Vite ! Vite !

Une troisième balle, une quatrième !

Où était le tireur ? Tout en haut de l'escalier, une ombre était embusquée, derrière l'épaisse rembarde en marbre. L'angle de tir sur le hall était idéal.

Des carreaux se brisèrent derrière nous. Mélina était effondrée sur le carrelage comme une grande poupée de chiffon. Une mare sombre s'agrandissait sous elle. J'étais trop stupéfaite pour faire un geste. Nous étions dans un château de famille, pas au Far West !

Frankie m'expédia d'une bourrade vers la sortie. Il ouvrit la porte et nous dégringolâmes sur le perron. Il courut comme un fou, moi derrière. L'allée s'étendait devant nous à perte de vue. Je voulais aller me cacher dans le parc. Je ne comprenais rien. Je ne comprenais plus.

Qui avait tiré sur le médium ?

Elle avait rempli sa mission mais elle allait avouer !

Frankie m'agrippa le bras :

– Non ! Pas dans cette direction ! Allons au garage !

Les cheveux me tombaient devant les yeux. Les arbres du parc sautaient comme s'ils étaient montés sur ressort. J'entendis quelqu'un appeler. Des pas retentirent derrière nous. Surtout ne pas se retourner ! L'assassin nous poursuivait.

Je me souvins alors du pistolet à silencieux de mon père. Il le rangeait dans le tiroir de sa table de nuit, prêt à le sortir si un cambrioleur de château osait mettre un pied dans la propriété.

Voilà pourquoi nous n'avions entendu aucune détonation !

Un goût de bile m'envahit la bouche. Si l'assassin utilisait cette arme, cela voulait-il dire que c'était…

Mon père !

29

Pris de panique, l'assassin avait réagi aussitôt en tirant sur sa complice. Nous étions devenus nous aussi des témoins gênants ! Il fallait sauver notre peau et courir ! Sinon Frankie et moi allions subir le même sort que Mélina-Antoinette Kraft !

Nous contournâmes le château en courant comme des lièvres. Nous passâmes devant la Mercedes, la BMW et le cabriolet rouge de Samantha. Frankie avait sa petite idée sur notre destination. Ses santiags dérapèrent devant sa remise. Il bondit sur sa mobylette trafiquée et la mit en marche. Je sautai sur la place arrière et nous nous envolâmes vers la sortie.

Mon héros ! J'avais toujours su que Frankie était plein de ressources.

Une nouvelle balle passa au-dessus de nos têtes dans un affreux sifflement !

Le moteur faisait un bruit infernal. La sueur me dégoulinait sur le front. Je ne voyais que le dos du tee-shirt de Frankie avec une tête de mort hurlante sous les mots HARD ROCK écrits en lettres gothiques. Il y avait des éclaboussures rouges tout autour mais c'était de la teinture. Pourvu qu'une vraie balle ne l'atteigne pas.

Nous arrivâmes en vue de la grille d'entrée.

Le vent gémissait à nos oreilles. Frankie voulait mettre le plus de distance entre l'assassin et nous. Les autres habitants du château avaient-ils découvert le corps de Mélina Kraft dans le hall ? Pourvu que la police ne tarde pas !

Un bruit de moteur ! Un crissement de pneus ! J'entendis distinctement les graviers qui volaient derrière nous et je tournai la tête pour apercevoir la Mercedes à notre poursuite.

La Mercedes d'Aldo !

30

Aldo ! L'héritage ! C'était lui qui avait payé le médium pour cette comédie ! Il avait trouvé cette sinistre idée pour faire réapparaître le corps qu'il avait caché. Quelle ruse diabolique ! Engager une actrice sans lui dire la totale vérité.

C'était l'explication. Aldo, fou de rage de voir son plan démoli aussi près du but, avait tiré sur sa complice, avant de faire de même sur sa nièce par alliance et son petit ami si gentil !

Je tambourinai contre le dos de Frankie :

– Vite ! Vite ! Aldo nous poursuit ! Oh ! Mon Dieu !

Frankie prit un virage en épingle à cheveux et se lança dans un sentier plein d'ornières. Je sautais comme une folle derrière lui. Je ne reconnaissais rien du paysage. Nous ne devions pourtant pas être loin de la propriété.

La Mercedes tourna, elle aussi dans un crissement de pneus, et nous suivit en fauchant les marguerites sur les talus. Elle bondit en avant grâce à la puissance de son moteur. Sa calandre heurta le garde-boue arrière. Je hurlai à m'en déchirer la gorge et plantai mes ongles dans la taille de Frankie. Il mit les gaz et la mobylette se cabra sur une roue avant de repartir. Bonjour l'acrobatie ! Je ne sais pas comment je suis parvenue à rester en selle.

Chaque tronc d'arbre semblait vouloir nous barrer le passage. Nous sautions sur les nids-de-poule. Nous allions faire un vol plané, c'était quasiment certain. Couché sur son guidon, Frankie fonçait comme un crack de motocross. Moi, j'étais malade de peur car c'est très impressionnant de fuir devant une grosse voiture qui cherche à vous écraser. Mais la Mercedes était beaucoup plus puissante que la meilleure des mobs trafiquées par les doigts d'or de Frankie. Mon conducteur amoureux ne pouvait pas tenir la route face à l'engin de mort à quatre roues qui nous talonnait.

Je sentis soudain un grand choc derrière moi. Je culbutai sur le côté en pliant mes jambes tandis que l'avant de la Mercedes broyait la roue arrière de la mobylette. Je tentai de me retenir au tee-shirt de Frankie mais ce fut peine perdue. La voiture nous propulsa dans les airs avec fracas.

La mobylette se coucha dans la poussière et passa sous les roues de la Mercedes dans un affreux bruit de tôles.

Frankie fit le saut de l'ange. J'étais toujours accrochée à lui ! Après une culbute digne des meilleurs athlètes de cirque, nous boulâmes dans un fourré plein de fougères et d'orties.

Ouille ! Ouille ! Ouille !

Les roues de la voiture passèrent à moins de vingt centimètres de nos têtes ! La Mercedes freina et se mit en travers du chemin.

Je sortis la tête des fougères. Rien de cassé. La Mercedes avait les vitres teintées. Derrière j'aperçus la silhouette du conducteur.

– Frankie ?

Pas de réponse.

Il était couché à côté de moi, les yeux clos.

Mon cœur s'arrêta de battre.

31

La portière de la Mercedes s'ouvrit lentement. Une jambe en sortit. Le conducteur s'extirpa du véhicule. J'écarquillai les yeux. Ce n'était pas possible ! La chute me donnait des hallucinations ! Le silence planait après le vacarme. J'entendais même des insectes chanter tout près de mon oreille.

Et l'assassin s'avança vers nous, le pistolet à la main.

La gueule ronde du silencieux se posa sur mon front :

– Vous avez tout gâché ! dit la voix. À cause de vous, Kraft a paniqué et elle a deviné mes vrais objectifs : il fallait que l'on retrouve le cadavre de Juliette que j'avais si bien caché. C'était pour Aldo ! Pour le délivrer de l'attente. Petite fouineuse ! Tu as lu l'encyclopédie, comme moi. Tu es maligne. J'aurais dû me méfier.

– C'est toi le… le monstre ?

– Oui, Caro. C'est moi. Mais je ne suis pas un monstre. Juste un être ravagé par l'amour. Kraft ne savait pas que j'avais tué Juliette. Elle croyait que c'était juste cette histoire d'héritage avec Aldo qui m'embêtait. Elle ne se doutait pas que j'étais une meurtrière. Ne bouge pas !

J'avais du mal à garder les yeux ouverts. J'étais groggy. Frankie, à mes côtés, n'avait pas fait un geste. Pourvu qu'il ne soit pas mort. C'était de ma faute ! Tout était de ma faute ! Les longues jambes de femme me dominaient. La voix continua, inexorable :

– J'ai su que tout était fichu quand j'ai écouté à la porte de ta chambre. Frankie était en train de te faire écouter une cassette. La cassette que j'avais volée dans les affaires de Juliette ! J'ai reconnu sa voix et son poème. Sales curieux ! Vous êtes allés fouiller l'appartement de Kraft ! Cette idiote n'a pris aucune précaution ! Elle allait parler. De toute façon, elle devait disparaître ! Bien fait pour elle. Ça aussi, cela faisait partie de mon plan.

Les insectes chantaient toujours. Frankie ! Si tu pouvais bouger un peu. Je t'en prie ! Une fourmi grimpa sur ma main. Je restai immobile tandis que la voix parlait. On m'a toujours conseillé de ne pas contrarier les fous quand ils sont en pleine crise. L'œil noir du silencieux se balançait au-dessus de ma tête sur le fond du ciel très bleu.

– J'aime Aldo depuis toujours ! poursuivit la femme. Je croyais qu'il allait m'épouser après la disparition de Juliette mais non… Je ne voulais plus attendre. Il devait m'épouser ! Il n'arrêtait pas de dire qu'il voulait savoir ce qu'était devenu Juliette. Il voulait être sûr. Il fallait retrouver le corps que j'avais jeté sous cette grille en me servant d'un cric. Aldo est mon amour. J'avais tué à cause de lui. Pour le rendre libre. Quand j'ai rencontré Mélina Kraft, je me suis dit que c'était le bon moyen pour faire retrouver le corps sans me faire avoir. J'avais tout prévu : la cassette, le titre du livre que j'avais bien placé en évidence dans la bibliothèque, les mots d'amour, tout ! Kraft a appris trop vite la vérité, et j'ai dû agir dans l'urgence pour la faire taire. Et c'est à cause de toi Caroline ! À cause de vous deux ! Je suis fichue maintenant. Aldo ne m'épousera jamais.

De grosses larmes apparurent dans les yeux de Monique.

32

Elle se tenait au-dessus de nous, aussi solide qu'une tour. Elle n'avait même pas pris la peine de retirer son tablier.

– Je devrais vous tuer vous aussi. Je n'ai qu'à appuyer sur la gâchette. Je voudrais voir toute cette baraque plonger dans la douleur ! Comme moi ! Comme moi !

Elle tendit le bras. Je fermai les yeux, attendant la détonation. Cet œil noir allait cracher la mort.

Monique resta le bras tendu pendant une éternité. Je priai le ciel pour vivre jusqu'à quatre-vingt-dix ans. Mais c'était peine perdue.

J'étais fichue et complètement fichue, bloquée dans mon fossé près de Frankie. Comme son baiser avait été doux.

Au loin, une sirène hulula. Monique se ressaisit. Elle s'accroupit et tourna le corps de Frankie vers elle. Son front saignait.

Monique poussa un cri et laissa tomber son arme dans l'herbe.

–Qu'est-ce que j'ai fait? Qu'est-ce que j'ai fait? sanglota-t-elle.

Elle attira ma tête et celle de Frankie entre ses bras. J'en profitai pour repousser discrètement l'horrible pistolet sous une grosse touffe d'herbes.

–Pardon, mes petits, pleurait Monique. Pardon pour tout ce que j'ai fait. Je suis folle. Je ne vous ferai plus de mal. Je suis folle, je suis folle.

Elle nous berça comme des bébés jusqu'à ce que les secours arrivent.

Épilogue

Ma mère m'appela le soir même. Elle voulait avoir des nouvelles de mes vacances ! Le château grouillait de flics. Devant le perron, leurs fourgonnettes bleues disputaient la place à une ambulance et aux voitures du juge et du médecin légiste.

Maman avait bien senti qu'il se passait quelque chose de grave puisque c'était un inspecteur qui avait décroché le téléphone. Elle voulait donc des explications quand je pris le combiné.

–Mais, enfin, Caroline ? Qu'est-ce que c'est que ces histoires ? Qui est ce policier ?

– Je te raconterai tout, maman, dis-je d'un ton accablé. Mais maintenant ce serait trop long.

– Tu vas me passer ton père immédiatement !

– Il est avec le juge et les inspecteurs… On a retrouvé tante Juju dans la glacière, c'est Monique qui l'avait tuée.

– Quoi ?

– Monique nous a poursuivis, Frankie et moi mais elle nous a laissé la vie sauve. On l'a échappé belle ! Mais la mobylette est fichue.

– …

– Pour l'instant, les policiers viennent juste d'évacuer le faux médium après avoir fait des tas de photos. Elle s'appelle Antoinette Kraft. Heureusement, elle n'est pas morte, seulement blessée car Monique a mal visé avec le silencieux de papa. La balle lui a brisé l'épaule et est ressortie sous le sein droit. Nous étions juste en face, Frankie et moi. Le médecin légiste a dit que nous avions eu une chance incroyable car nous aurions pu être touchés par la même balle.

Toujours aucune réponse de ma mère, certainement au bord de l'évanouissement là-bas, dans notre maison du Midi.

– Maman ! Je voudrais tant être avec toi ! Est-ce que tu veux bien que je vienne avec Frankie ? Lui aussi a été très choqué par cette histoire. Il est là, juste à côté de moi, avec un gros pansement sur le front. Il a failli mourir, tu sais. Frankie est mon seul copain. Mon seul vrai copain. Je ne veux plus le quitter. Nous avons partagé tant de choses ! Des couches-culottes aux balles meurtrières. C'est toute une histoire, hein maman ? Je viendrai donc avec Frankie. Papa lui paiera son billet de train. Il lui doit bien ça. Frankie n'est jamais allé dans le Midi et comme sa mob est fichue, ça lui changera les idées. Tu veux bien maman ?

Tandis que j'attendais la réponse, Frankie me serra la main tendrement.

Frankie ! Je me ferai rockeuse pour tes beaux yeux.

Je me mis à pleurer comme une Madeleine.

DANS LA COLLECTION MILAN POCHE
BENJAMIN

1 • *Le gang des petits-suisses* de Gérard Moncomble
2 • *Attention, dragon !* d'Amélie Cantin
3 • *Petit Lapin a disparu* de Frédéric Lenormand
4 • *Bagarre chez les sorcières* de Natalie Zimmerman
5 • *Monsieur Popotame* de Gérard Moncomble
6 • *Princesse-la-tornade* de Marc Cantin
7 • *Je m'envole* de Frédéric Lenormand
8 • *Le voleur de goûter* d'Amélie Cantin
9 • *Ma maîtresse est foldingue* de Sylvie de Mathuisieulx
10 • *Le monstre de l'espace* de Marc Cantin
11 • *La poule qui pond des patates* de Michel Piquemal
12 • *L'indien et le dinosaure* de Marc Cantin

Dans la collection MILAN POCHE
CADET

1 • *Un amour de pharaon* de Didier Dufresne
2 • *Souviens-toi d'Abel Zébutte* de Didier Dufresne
3 • *Un ogre pour s'endormir* de Marc Cantin
4 • *Un génie malicieux* de Romain Drac
5 • *La Fleur de pluie* de Romain Drac
6 • *La Récré de la sorcière* de Maryvonne Rebillard
7 • *La Nuit de toutes les couleurs* de Frédéric Lenormand
8 • *Je veux ma photo dans le journal!* de Gérard Moncomble
9 • *Adolphe, aux pieds !* de Marc Bataille
10 • *Le pirate couve la grippe* d'Amélie Cantin
11 • *Malika et le Grand Manitou* de Geneviève Noël
12 • *Un fantôme très rigolo* d'Amélie Cantin
13 • *Une histoire à dormir debout* de Frédéric Lenormand
14 • *Le Passager clandestin* de Do Spillers
15 • *Du Rififi à la bibliothèque* de Christine Molina
16 • *La Blague la plus drôle du monde* d'Arnaud Alméras
17 • *Maître cuistot sur un arbre perché* de Romain Drac et Christian Jolibois
18 • *Paris-sur-Mer* de Valérie Bœhrer
19 • *Le Loup qui voulait manger le père Noël* de Robert Ayats
20 • *Sauvons les sapins!* de Romain Drac
21 • *Une vache très encombrante* de Marie Dufeutrel et Grégoire Horveno
22 • *Le Roi des cochons* de Christine Molina
23 • *L'Arbre qui parle* de Do Spillers
24 • *Le Loup a les crocs* de Marc Cantin
25 • *La Joconde a disparu* de Marie Bataille
26 • *Mon papa flingueur* d'Amélie Cantin
27 • *Fables de la Fontaine, Tome 1*

28 • *Mon ogre bien-aimé* d'Arnaud Alméras
29 • *Le Zorro du bocal* d'Anne-Marie Desplat-Duc
30 • *Le plus grand détective du monde* de Moka
31 • *Kidnappée par les Sioux* de Christian Jolibois
32 • *Le fantôme du TGV* de Romain Drac

DANS LA COLLECTION MILAN POCHE
JUNIOR

1 • *Le Jobard* de Michel Piquemal

2 • *Histoires pressées* de Bernard Friot

3 • *Pour l'amour d'un cheval* d'Alim Hekmat

4 • *Rock'n Loup* d'Hervé Debry

5 • *Le 13* de Gérard Moncomble

6 • *La Nuit de la sorcière* d'Hélène Montardre

7 • *L'Heure de la momie* de Claudine Roland

8 • *Romain Gallo contre Charles Perrault* de Gérard Moncomble

9 • *Le Mouton Marcel* de Jean-Luc Coudray

10 • *Les Oiseaux du Mont Perdu* de Michel Cosem

11 • *Le Satellite venu d'ailleurs* de Christian Grenier

12 • *Les Neiges rebelles de l'Artigou* de Michel Cosem

13 • *Fabuleux Romain Gallo* de Gérard Moncomble

14 • *Objectif Terre !* de Robert Boudet

15 • *Au pied du mur* d'Hélène Montardre

16 • *Le Pionnier du Nouveau Monde* de Michel Piquemal

17 • *La Bague aux trois hermines* d'Évelyne Brisou-Pellen

18 • *Le Commando des pièces-à-trou* de Pierre Coran

19 • *L'Heure du rat* de Gérard Moncomble

20 • *Nouvelles histoires pressées* de Bernard Friot

21 • *Moi, Félix, 10 ans, sans-papiers* de Marc Cantin

22 • *Les Aventuriers des 18 mondes* de Béatrice Bottet

23 • *Le Mystère de la Chambre Jaune* de Gaston Leroux

24 • *Le Masque de la Mort Rouge et autres histoires extraordinaires* Edgar Allan Poe

25 • *Hilaire, Hilarie et la gare de Saint-Hilaire* d'Hélène Montardre
26 • *Georges Bouton, explomigrateur* de Gérard Moncomble
27 • *Le seigneur des neuf soleils* de Christian Grenier
28 • *Le parfum de la dame en noir* de Gaston Leroux
29 • *Cache-cache avec la mort* de Michel Amelin
30 • *Zelna contre les vampires* de Stéphanie Benson

© Éditions Milan – 300, rue Léon-Joulin,
31101 Toulouse Cedex 1, France.
Droits de traduction et de reproduction réservés pour tous les pays.
Toute reproduction, même partielle, de cet ouvrage est interdite.
Une copie ou reproduction par quelque procédé que ce soit, photographie, microfilm, bande magnétique, disque ou autre, constitue une contrefaçon passible des peines prévues par la loi du 11 mars 1957 sur la protection des droits d'auteur.
Loi 49-956 du 16 juillet 1949
sur les publications destinées à la jeunesse

Achevé d'imprimer par France-Quercy, à Cahors
Dépôt légal : 1er trimestre 2000
N° d'impression : 00143